ハーレクイン文庫

恋に落ちたシチリア

シャロン・ケンドリック

中野かれん 訳

HARLEQUIN
BUNKO

SICILIAN HUSBAND, UNEXPECTED BABY

by Sharon Kendrick

Published by Harlequin Japan, a Division of K.K. HarperCollins Japan, 2024

恋に落ちたシチリア

◆主要登場人物

エマ・カルディーニ……………夫と別居中の女性。
ジーノ………………………………エマの息子。
アンドリュー………………………エマが借りている住まいの家主。
ジョアンナ…………………………エマの友人。
ヴィンチェンツォ・カルディーニ……エマの夫。ジーノの父親。実業家。
サルヴァトーレ……………………ヴィンチェンツォの従兄。
カルメラ……………………………ヴィンチェンツォの亡き祖母の知り合い。

1

エマの肌に恐怖の震えが走った。内心の動揺を顔に出さないように努め、目の前に立っている痩せた金髪の男性をじっと見つめる。パニック状態に陥っていることを気取られてはならない。

「でも、これ以上の家賃は払えないのよ、アンドリュー。わかっているでしょう?」エマは小声で言った。

家主のアンドリューはすまなそうに肩をすくめたが、その表情は変わらない。「僕は慈善事業をやっているわけじゃないんだ、エマ。気の毒だけど、広告を出せば、今の四倍の家賃が入る」

エマはロボットのようにうなずいた。もちろんアンドリューの言うことは本当だ。イギリスの小さな美しい町ボイスデイルにあるこぢんまりとしたかわいらしいコテージなら、あっという間に借り手がつくだろう。のどかな田園地帯の暮らしにあこがれている人は多いはずだから。

アンドリューはためらいがちに尋ねた。「誰か助けてくれる人はいないのかな？　ご主人はどうなんだい？」

エマはさっと立ち上がり、無理やり口元に笑みを浮かべた。こんな笑顔にだまされる人がいるかしら、と思いながら。夫について触れられただけで、力が抜けていく。だが気弱な態度はとれない。もはやそんな余裕はないのだ。

「ご心配はありがたいけれど、あなたには関係ないことだわ」

「エマ……」

「お願い、アンドリュー」エマは努めて冷静に言った。夫ヴィンチェンツォのことは話していない。誰にも。「家賃の値上げになんとか応じるか、さもなければもっと安いところに移るしか、選択肢はないというわけね」

実は、もうひとつ暗黙の選択肢があった。すでにアンドリューは、礼儀正しく優しいイギリス人特有の態度で、そのことをはっきりと伝えていた。でもエマは相場を下まわる家賃を確保するためにデートをするなんてまっぴらだったし、いずれにしても恋人など欲しくはなかった。もう自分の人生に男性を招き入れるのはこりごりだ。そんな時間も気力もない。情熱など、あの日ヴィンチェンツォのもとを去ったとき置いてきたのだから。

アンドリューは別れの挨拶(あいさつ)をして、湿った十一月の大気の中に歩み去った。そのとき小さな寝室から声が聞こえ、エマは部屋に入って、眠る我が子をじっと見つめた。

息子のジーノは満十カ月になる。毎日すくすく成長しており、個性も際立ってきていた。ジーノは掛け布団を蹴ってはぎ、木でできた小さなうさぎのおもちゃをまるで命綱のようにしっかり抱えて眠っている。その姿を見守るエマの胸に、愛情と不安が押し寄せてきた。もし私ひとりだけなら、生活していくうえで何も問題はない。住みこみの仕事はいくらでもあるし、どんな仕事でも喜んでするつもりだから。

けれど、エマはひとりではなかった。息子がいる。我が子には最高のものを与えたかった。子供が生まれたことで私が苦境に陥ったとしても、この子に責任はない。

エマは下唇を噛んだ。夫に助けを頼んだらどうかというアンドリューの言葉には一理あるが、口で言うほど簡単なことではなかった。それに、アンドリューはいきさつを知らない。事情を知っている人はひとりもいなかった。プライドや信念を押し殺して疎遠になっている夫のもとに行き、経済的な援助を求めるなんてできるかしら？

法律的には、私は何か夫から与えられてしかるべき立場にいるのだろうか？　ヴィンチェンツォはとてつもなく裕福な男性だ。彼は私を軽蔑していて、二度と会いたくないと言った。でももし私が離婚を申し入れたら、財産を少しばかり分け与えるのが公平というものでは？

エマはうんざりして目をこすった。離婚以外にどんな解決策があるというのだろう。私には高給が取れるような資格もない。最後に仕事に出かけたときは、わずかな給料がベビーシッターの費用にほとんど消えてしまった。それに、ジーノは人にあずけられるのをとてもいやがった。

　だから私は、自分でベビーシッターの仕事をすることに決めたのだった。そのときは完璧な仕事に思えた。子供は大好きだし、愛する息子を誰かにあずけることなく働いて収入を得られるのだから。けれど最近、この仕事も暗礁に乗り上げてしまった。

　数人の母親が、エマの家が寒すぎると不満をもらし、暖房の温度を上げるよう要求したのだ。そのあとすぐに二人の母親が子供をあずけるのをやめた。そしてそれが連鎖反応を引き起こすのではないかという心配が現実のものになった。今では最後のひとりも去り、お金を得るあてはまったくなくなってしまった。

　いったいどうやって、自分とジーノを養っていけばいいのだろう？　もしアンドリューが家賃を上げたら、どこに住めばいい？　エマは泣きたい思いだったが、泣くことすら贅沢な状況にあるのは痛いほどわかっていた。泣いたって何も解決できないし、涙をふいてくれる人もいない。それに、泣くのは赤ちゃんの仕事だ。とはいえエマは、自分の子供に泣くような思いはできるだけさせまいと決心していた。私は赤ちゃんを守る大人にならなければいけないのだ。

　エマは小さな電話台の引き出しを開け、角のとれた名刺を取り出した。そこに印刷された名前を目にするや、エマの手が震えた。

ヴィンチェンツォ・カルディーニ。

名前の下には、彼のオフィスの所在地と電話番号が記載されている。ローマ、ニューヨーク、パレルモ。外国のオフィスに国際電話をかけるなど、失業中のエマにはとてもかなわないが、名刺にはロンドンのオフィスの電話番号も記載されていた。おそらく彼は今でも定期的にロンドンに来ていることだろう。

ヴィンチェンツォがここイギリスの首都で豪華な高層ビルを所有していると思うと、胸が痛む。定期的にかなりの時間をロンドンで過ごしているはずなのに、一度として彼はエマのもとを訪ねようとはしなかった。昔のよしみとして声をかけることすら。

ええ、もちろん、彼はそんなことはしないわ。エマは自分をしかった。私を愛していないのだから。私のことを好きですらないのだ。はっきり態度で示したじゃないの。最後にかけられた言葉を思い出しなさい。シチリアのアクセントでヴィンチェンツォがぞっとするほど冷たく言い放った言葉を。彼は〝出ていけ、エマ。もう二度と戻ってくるな。もう僕の妻ではないのだから〟と言ったのだ。

にもかかわらず、そのあとエマは二度もヴィンチェンツォに電話をかけた。だが彼女をおとしめようとでもするかのように、彼は電話に出なかった。今度も電話に出ないかもしれない。

しかしエマには、息子のために努力するべきだとわかっていた。ジーノには、どんな子供にも与えられるべき基本的な暮らしを享受する権利があり、彼の父親の財産はそういう暮らしを可能にしてくれるはずだ。私はジーノのために努力しなければ。

エマは寒気を感じて、ほっそりした体にセーターを引き寄せた。近ごろでは、服にのみこまれているような気がする。いつも何枚も服を重ね着して動きまわることで、晩秋の寒さを防いでいるのだ。けれど息子が目を覚ましたら、ヒーターをつけなければならない。コイン投入式のガスヒーターは、貴重なお金を食いつくしてしまうだろう。

ヴィンチェンツォに電話をかけるしかない。エマは重い心で悟った。突然乾いてしまった唇に舌を這(は)わせ、受話器を手に取って、震える指で番号を押す。不安で鼓動が速くなり、めまいがしそうだった。

「もしもし?」電話に出た女性の声はなめらかで、イタリア語のアクセントはほとんど感じられない。おそらく二カ国語を話すのだろう。

ヴィンチェンツォはイタリア語と英語の両方が話せる人材しか採用しなかったことを、エマは思い出した。その一方で彼は、シチリア語を話す部下を好んだ。〝シチリア人は互いに面倒を見合うんだ〟と彼は言っていた。シチリア人は独自の友好団体をつくっていて、会員はそれをとても誇りにしている。実のところ、こういったすべてを考えれば、ヴィンチェンツォがエマを妻にしたこと自体驚きに思える。彼女は母国語である英語のほかは、ほとんど話せなかった。

彼は義務感から結婚したのよ。エマは自分に言い聞かせた。だって、何度も言われたでしょう？　私が妻としての義務を果たせないせいで二人の結婚生活が崩壊してしまったのだ、と。

「もしもし？」電話交換手の女性が繰り返した。

「あの、もし差しつかえなければ……」エマは咳払いをした。「シニョール・カルディーニとお話ししたいのだけれど」

電話交換手は、少しの間沈黙した。偉大な社長と直接話したいとはなんと厚かましい要求かとにおわせるように。

「失礼ですが、お名前は？」

エマは深呼吸した。勇気を出さなくちゃ。「名前は……エマ・カルディーニよ」

電話交換手はまたいっとき押し黙った。「ご用件は？」

そうなのね。電話交換手は、私の名前を聞いても気づかないし、私が誰かも知らない。尊敬の念すらこめない。エマの心のどこかで、痛みと拒絶感が頭をもたげた。

「私は彼の妻よ」エマははっきり告げた。

相手は明らかに不意打ちを食らったらしい。エマには彼女の考えが聞こえるような気がした。〝いったい、この女性になんて答えたらいいのかしら？〟と。

「少々お待ちください」電話交換手は事務的に言った。

　エマにとって、待っている時間は永遠とも思えるほどだった。室内の温度の低さにもかかわらず、額に玉の汗が浮かんでくる。頭の中では、できるだけ感情をこめないで言えるように、〝こんにちは、ヴィンチェンツォ〟と何度も繰り返し予行演習をしていた。ようやく電話交換手の女性の声がした。

「シニョール・カルディーニから、ただ今会議中で電話に出られないとお伝えするよう申しつかりました」

　エマは、はずかしめられて、みぞおちを打たれた気分だった。震える手で受話器をつぶさんばかりにぎゅっと握りしめる。もう切ろうと思ったとき、相手がまだ話しかけていることに気づいた。

「もしお電話番号を教えていただければ、時間ができたときに折り返し電話する、とのことでございますが」

　プライドを傷つけられたエマは、〝自分が結婚した相手と直接話もできないなら、地獄に堕（お）ちればいいんだわ〟と言いたかった。

でも、プライドを気にかける余裕はない。「ええ、私の番号を伝えるわ。ペンはお持ち？」

「もちろんです」相手の女性はおもしろがるような声を出した。

　電話を切ったあと、エマは紅茶をいれ、かじかんだ両手を湯気の立つマグカップで温めながら、キッチンの窓から小さな庭を眺めた。この庭にはしだいに愛着が募っていた。アンドリューの所有する広大な敷地にそびえる栃の木から、つやつやした茶色い大きな木の実が、エマのささやかな芝生の庭や小道のあちこちに落ちている。彼女は使われていない庭の一角に小さな花壇をつくり、香りのよいホワイトジャスミンの花を植えて、長い夏の日の夕べを楽しもうと計画していた。だがそんな夢も、急速に遠のいていく。今まで考えてもみなかったが、もしこののどかな田園の住まいから立ち退かされたら、ジーノが立って歩くようになったときに遊べるところがなくなってしまう。低価格の貸家で庭つきの物件はほとんどなかった。

そのとき電話の音が響き、エマの憂鬱な思いは断ち切られた。ジーノが目を覚まさないように、彼女は急いで受話器を取った。

「もしもし？」

「やあ、エマ」

その声を聞いて、エマは激しい衝撃を受けた。彼は、私の名前をほかの誰も言わない調子で口にする。もっとも、ヴィンチェンツォのすることはすべて、ほかの人とはまったく違っていた。彼は常に独特で、芯に暗い危険を秘めて黒光りする貴石のような男性だった。

感情をこめずに彼の名前を口にする練習をしたでしょう？　今こそ、それを実行に移すときよ。エマは自分を叱咤した。「ヴィンチェンツォ、電話してくれてありがとう」

ヴィンチェンツォの厳しい唇に残酷な笑みが浮かんだ。彼女はまるで僕からパソコンでも買うような調子で話している！　かつてベッドの中でも外でも僕を夢中にさせた、あのやわらかな英語を話す声で。エマにいだいている敵意にもかかわらず、ヴィンチェンツォの脚の付け根に、官能のうずきが広がった。

「なんとか時間を見つけたんだ」ヴィンチェンツォは、机の上にある、びっしり書きこまれた予定表をめくりながら、無造作に言った。「用件はなんだい？」

彼にどう思われていようがもう気にしないと決心したはずなのに、エマの心は傷ついた。ヴィンチェンツォは、家からごみを運び出そうとしている人に話しかけるより無関心な調子で話している。情熱の炎は、なんと急速に冷たい灰色の燃えさしと化してしまうのだろう。

それなら、同じように事務的な調子で話せばいいのよ。用件を形式的に短く伝えれば、かえって楽にいくかもしれないわ。エマは思い直して告げた。「離婚したいの」

電話の向こうに沈黙が広がった。長い沈黙だ。

ヴィンチェンツォは目を細くして椅子に寄りかかり、長い脚をのばして、エマの言葉を反芻（はんすう）した。「なぜだ？　恋人でもできたのか？」彼は冷たく尋ねた。「再婚しようともくろんでいるのかい？」

その冷淡な口調に、エマは思っていたよりもずっと傷ついた。この人は、かつて私と踊ろうとした男性の手足をもぎ取ると脅し、あなたとしか踊りたくないと私が言うまでおさまらなかったヴィンチェンツォと同じ人物なのだろうか？　いいえ、もちろん違うわ。あのヴィンチェンツォは私を愛していた。少なくとも、そう言っていたもの。

「たとえ恋人ができたとしても、祭壇の前の通路を歩くつもりなんてないわ。あなたのおかげで、結婚なんてこりごりよ、ヴィンチェンツォ」

彼に一矢報いてやろうと思ってエマは言ったが、無駄だった。彼の笑い声には皮肉がこめられていた。

「それでは僕の質問の答えになっていない、エマ」ヴィンチェンツォはセクシーな声で言った。

エマはどぎまぎした。「でも……あなたに答える必要はないでしょう」

「君はそう思うのか？」

ヴィンチェンツォはさっと椅子を回転させ、窓の外に広がるロンドンの空を見やった。光り輝く高層ビルが林立している。そのうちの二つは彼が所有しているものだった。

「では、この会話はこれ以上先には進まないということだね」

「あなたと〝会話〟をする必要はないって言っているのよ、ヴィンチェンツォ。必要なのは――」

「事実関係をはっきりさせることだ」彼の言葉はエマを冷たく刺し貫いた。「予定表は持っているかい？」

「予定表？」

「会う日を決めて、話し合おう」

エマの膝から力が抜ける。彼女はテーブルにつかまってなんとか体を支えた。「いやよ！」

「いやだって？」エマの声に動揺を聞きつけ、ヴィンチェンツォの声に、おもしろがっているような調子がこめられた。「君はまさか、結婚生活に終止符を打つかどうかという議論を、電話ですませられると本気で思っているわけじゃないだろう？」

「会う必要なんてないでしょう。弁護士を通せばいいのだから」エマは反論した。

「では、そうするといい」ヴィンチェンツォが言い放った。

彼は私の立場が弱いことを察して、高圧的に出たのかしら？　でも、彼は私の状況を何も知らないはずだ。

「もし僕の協力が欲しいなら、妥協することだな、エマ」ヴィンチェンツォは静かに言った。「さもなければ君は、とてつもなく長く、とてつもなく費用のかかる法廷闘争を覚悟しなければならない」

エマは目を閉じ、泣かないように努力した。もし泣いてしまったら、彼は禿鷹（はげたか）が動物の死体をつつくように弱みを突いてくるだろう。どうして私は、彼の決意が鉄のように固いことを忘れていたのかしら。何事も自分の意のままにしようとする彼のかたくなな決意を。「なぜ私と闘おうとするの、ヴィンチェンツォ？」エマは憂鬱な声で尋ねた。「もう結婚生活は終わっている。引きのばそうという気持ちもないと、お互いわかっているのに」

もしエマがひと粒でも涙を流したり、感きわまって声が一瞬でも揺れたりしたら、ヴィンチェンツォは彼女を許していたかもしれない。しかし冷静で事務的なエマの態度は、結婚生活が終わって以来初めて感じた彼の怒りをかきたてることになった。今や彼の怒りは抑えられないほど高まっていた。ヴィンチェンツォは自分が何を求めているのかなど気にしていなかった。彼がしたかったのは、ただエマの望みを打ち砕くことだけだった。

「月曜でいいかな？」ヴィンチェンツォはまるで相手が何も言わなかったかのようにきいた。

目をつんとさせる涙をまぶたの裏に押しとどめたエマには、予定表を見る必要はなかった。そもそも、予定表など持っていないのだから。彼女の社交生活などもはや存在しない。それでかまわないと思っていた。

「月曜日なら……都合がつくわ」エマは多忙をきわめているふりをして答えた。「何時に？」

「君はどこに住んでいるんだ？　ディナーでいいかな？」

エマは彼の提案について考えた。ロンドンからここボイスデイルに向かう最終電車は十一時を少しまわったころに出る。もしそれに間に合わなかったら？　友人のジョアンナは昼間なら喜んでジーノをあずかってくれるが、ひと晩となるとどうかわからない。それに、今まで一度もジーノとひと晩じゅう離れていたことはなかった。そんなことはしたくない。

彼の最初の質問は無視して、エマは何気ない調子を装った。「ディナーは無理だわ」

「なぜだ？　君は夜、何かすることでもあるというのか？」ヴィンチェンツォがあざけった。

「ロンドンに住んでいるわけじゃないから。ランチのほうが都合がいいわ」

ヴィンチェンツォのもとに、タイトスカートに身を包んだ黒髪のアシスタント女性がエスプレッソを運んできた。彼は笑みを浮かべて受け取り、彼女が腰を振ってオフィスを出ていく姿を眺めた。そのあと、彼の笑みは消えた。

「わかった、それなら、ランチにしよう。オフィスに用意させるから、ここに来てくれ。道順は覚えているかな？」

エマは彼のロンドンの本拠地に出向くという考えに圧倒されてしまった。あの光り輝く壮麗なビルは、あまりにも異なる二人のライフスタイルを思い知らせることになるだろう。彼のオフィスというのは公平な選択ではない。なじみの場所という利点を、彼はきっと利用するはずだ。

「それよりも……レストランに行くほうがよくはないかしら？」

はかない望みにすがろうとする彼女の声を聞いて、ヴィンチェンツォは暗い喜びに襲われた。「いや。レストランには行きたくない」レストランに行けばテーブルに隔てられるうえ、ウェイターの視線や店内での礼儀作法などを気にしなければならない。彼女に手を出せなくなる。そんな状況はごめんだ。「ここに一時に来てくれ」

言い放って、ヴィンチェンツォは一方的に電話を切った。

エマは信じられない思いで、ゆっくりと受話器を置いた。そのとき電話の上の小さな鏡に映る自分の姿が目に入った。髪にははりがなく、顔色は石灰岩のように蒼白(そうはく)で、目の下にはくまができている。ヴィンチェンツォはいつでも彼女の外見にうるさかった。エマは彼のかわいい人形だったのだ。

ヴィンチェンツォはシチリア人を自負しつつも、イタリア人の理念である〝美しい姿(ベッラ・フィギュラ)〟、すなわち、我が身を最高に美しく見せることが重要だという理念を喜んで受け入れていた。もし彼が今私を見たら、あの黒い瞳にあざけりの色を浮かべるだろう。そう考えて、エマは下唇を噛んだ。彼の侮蔑は、私をいっそう弱い立場に追いこむに違いない。

エマは月曜日までに外見を美しく変身させなければならなくなった。

2

胸の高鳴りを抑えて、エマは〈カルディーニ・ビルディング〉を見つめ、足を踏み入れようとした。美しいビルだ。なめらかな曲線を描き、ほぼ全体がガラス張りになっている。このデザインは建築賞を受賞していて、磨き抜かれた表面からは莫大（ばくだい）な富が声高に主張されていた。その複雑なガラス面に映る何百という自分の姿を見たエマは、ロンドンのこの裕福な一角で、自分のみじめさがますます強調されるように感じた。

適切な服を探すのは大変だった。エマの持っているものはすべて普段着で、きちんとしたものはひとつもなかった。どれをとっても、ヴィンチェンツォの妻としてなじんでいた高級素材の服からはほど遠い。

結局エマはシンプルなワンピースを選び、首元に大ぶりの派手なネックレスを合わせ、ぴかぴかに磨き上げたブーツをはくことにした。高価な服はコートだけだ。それは誰が見てもその価値がひと目でわかる、濃い色のやわらかなカシミヤのコートで、すみれ色のシルクの裏地は、ほっそりした彼女の体に心地よくなじんだ。袖（そで）口や裾（すそ）には、まるで誰かが投げかけた花束がそのまま生地に貼りついたかのように、すみれの花が刺繍されている。このコートは、ヴィンチェンツォがミラノの最高級ブティックでエマのために購入したものだ。ある日の午後彼は、髪を乱して眠っている彼女を残してベッドを抜け出し、大きなリボンをかけた箱を抱えて戻ってきたのだった。

きょう、このコートを着るのは気がすすまなかった。思い出や二人の過去がこもりすぎているからだ。だがこのコートは温かいし、何より、どこに着て出ても恥ずかしくなかった。それに、ほかに着ていけるものなど持っていなかった。カルディーニ社の本拠地に、お金のない学生が飛びつくような、バーゲンで買ったフェイクファーつきのコートを着ていくわけにはいかない。

回転ドアにめまいがしそうになりながら、エマは広大なロビーに入り、受付のデスクに歩を進めた。

受付係の女性が、聖母さながら万人向けの笑みを浮かべて尋ねる。「何かご用でしょうか？」

「あの……シニョール・カルディーニに面会の予定があるのだけれど」

受付係は予約客のリストを眺めた。「エマ・カルディーニ？」

「そうよ」相手の反応を見て、この受付係は驚きの色を隠し損なったわね、とエマは内心思った。

完璧（かんぺき）に手入れされたピンクの爪が、ロビーの奥を示す。「あのエレベーターで最上階に行ってください。そこで担当の者がご案内します」

「ありがとう」

音もなく上昇するエレベーターの中で、最後にロンドンに来たのはいつだったろうかとエマは考えた。息子を連れずにひとりで外出するのはどれくらい久しぶりかということも。きょうのように、一日じゅう離れ離れになるのは初めてのことだ。ジーノは大丈夫だろうか。ボイスデイル駅で切符を買ってから何百回も考えたことを、エマはまた考えた。数時間以上も私と離れていることに気づいたら、ぐずり出さないだろうか。

プリペイド式の携帯電話をバッグから取り出して、エマは画面を眺めた。メッセージは届いていない。ジョアンナには、たとえどんなささいなことでも、気になることがあったらすぐに連絡するよう頼んでおいた。連絡がない以上、すべて順調にいっているに違いない。

それなら、するべきことをするまでよ。エマは深呼吸をして自分に言い聞かせた。エレベーターが停止して、ドアが開く。そこには、体にぴったりしたタイトスカートをはき、一見してシルクとわかるシャツを着た美しい黒髪の女性が待っていた。彼女の髪は優雅にまとめられ、耳元はまばゆいダイヤモンドのイヤリングで飾られている。突然エマは、自分が田舎からやってきた貧しい従妹（いとこ）のような気がした。それにしてもヴィンチェンツォは、美しい部下がどれだけ必要なのだろう?

「シニョーラ・カルディーニ?」黒髪の女性が呼びかけた。「どうぞこちらへ。ヴィンチェンツォがお待ちです」

この女性が両開きのドアに向かって腰を振りながら歩く姿を見て、エマは〝ええ、もちろん、彼は私を待っているに決まってるわよ!〟と叫びたい衝動に駆られた。〝私の夫をあんな声で呼び捨てにする権利を、誰があなたに与えたの?〟と問いただしたい。

とはいえ、ヴィンチェンツォはじきに夫ではなくなる。それに実のところ、彼はもう長いこと夫と言える状況ではなかった。だから、そんな理不尽な嫉妬心など、すぐに捨てなさい。エマは自分をしかった。

ドアがある種の荘厳さをもって開けられ、エマは非常に重要な人物に拝謁するため召喚されたような気がした。ヴィンチェンツォの姿を認めたとたん、彼女は思わず体を硬くした。生命感にあふれ実際に呼吸している夫の姿をふたたび目にして、エマは心臓が止まりそうになった。これほどの男性に相対する心の準備など、何をしたところでとうてい無理だろう。

ヴィンチェンツォは、広大なオフィスの一面を飾るガラス窓の前に立っていた。そのため最初に彼を認めたとき、エマにはシルエットしか見えなかった。その黒い輪郭は、見事な体つきをあますところなく強調している。引き締まり、研ぎ澄まされた筋肉質の体。太古の昔から彫刻家が男性の理想として追い求めてきた完璧な姿だ。

　彼の両手は、長い脚に続く引き締まった腰の上に傲慢とも見えるしぐさで置かれていた。傲慢さは、いつだってヴィンチェンツォのミドルネームと言ってよかった。彼は自分が求めるものしか見ず、求めるものを必ず手に入れた。たぐいまれな力と完璧なカリスマ性によって。

　エマは息をつめた。彼の傲慢さの記憶が、防御の態勢をとらせる。今の彼女は、ヴィンチェンツォの手に入れさせるわけにはいかない貴重なものを持っているからだ。あらゆる知恵を結集させなければならない、とエマは思った。

「こんにちは、ヴィンチェンツォ」

「やあ、エマ」

　彼はエマが今まで一度も聞いたことのない調子で彼女の名を口にした。そして、早口のイタリア語で指示を与えて黒髪のアシスタント女性を下がらせ、ドアが閉まってから、光の中に姿を現した。彼の顔をまともに見たとき、エマは腹部がとろけるようになるのを禁じ得なかった。

　目の前のヴィンチェンツォは、結婚を承諾したときのゴージャスな姿を数段上まわる魅力的な容姿だった。結婚を申しこまれたとき、エマは恋愛のまっただ中というめくるめく興奮状態にいて、彼はなんてハンサムなのだろうと思わない日はなかった。だが結婚生活が暗礁に乗り上げてからは、ヴィンチェンツォは氷のように冷たく思いやりのない男性に思え、エマは彼から離れて殻に閉じこもってしまったのだ。

以来、エマは数々の経験をした。その多くがつらい経験だった。今では、かつての結婚生活は単なる甘い夢だったという事実を直視できる。それでも今目にしているヴィンチェンツォは、まさにあらゆる女性が夢見る理想の男性のように映った。

彼はビジネススーツを身につけていた。フォーマルに見えながらも、堅苦しさを感じさせない見事な仕立てのスーツだ。こんなスーツがつくれるのはイタリアのデザイナーだけだ。ヴィンチェンツォはジャケットを脱ぎ、白いシルクのシャツ姿になったが、その下には、岩のように引き締まった体がうかがい知れた。次に彼はネクタイをゆるめ、シャツのボタンをいくつかはずした。見つめていたエマの目に、たくましい胸板が飛びこんでくる。

だがエマを最も魅了したのは、ヴィンチェンツォの顔だった。エマはためらいながら彼の表情に視線を走らせた。まるで、いずれやってくる衝撃を恐れるかのように。そして、衝撃はやってきた。彼の顔つきは、ジーノの小さくてやわらかい顔を、そのまま硬く冷酷にしたものだ。

ヴィンチェンツォは一度でも、ジーノのようにやわらかく、人を惹(ひ)きつける表情をしたことがあっただろうか？　エマは彼から目が離せないまま、いぶかった。

ヴィンチェンツォは古典的な美しさをほぼ完璧に備えていると言ってもよかっただろう。

もし、陰になった薄暗い顎に光る小さなV字形の傷がなかったならば。彼の表情は厳しく、黒い瞳は黒玉(ジェット)のように光り、笑みには冷酷さが宿っている。夢中になってエマを追いかけていたときでさえ、ヴィンチェンツォには厳しい妥協のなさがあった。そんな特質がいつもエマを警戒させたのだ。

ヴィンチェンツォは常にある種の独裁者然とした威厳をもって彼女に接していた。彼にとってエマは手に入れるべき所有物のひとつにすぎなかった。バージンの花嫁。だが最終的に、エマは彼の期待に応(こた)えられなかったのだ。

「久しぶりだな」

ヴィンチェンツォの声は、エマの耳に、熟していないレモンのように苦く響いた。

「さあ、コートを脱ぐのを手伝おう」

エマはコートを脱ぐほど長居はしないと言いたかったが、そんなことを言ったら彼の機嫌を損ねると思い直した。それに、ランチをともにとることに同意した以上、セントラルヒーティングの暖房のきいたオフィスでは、コートは邪魔になるだけだ。実のところ、エマが最も避けたかったのは、ヴィンチェンツォがコートを肩からはずす際に無防備な肌に触れられることだった。もし彼に触れられたら、かつて幾度となく服を脱がされた記憶がよみがえってしまうだろう。

「ひとりでできるわ」エマは体をよじってコートを脱ぎ、ぎこちない手つきで椅子の背にかけた。

ヴィンチェンツォは魅了されたようにエマを見つめた。コートにはすぐに気づいたが、ワンピースには見覚えがなかった。それにしても、なんとひどいワンピースだ！　彼の唇が曲がる。「いったい君は何をしていたんだ？」

「どういう意味？」エマは努めて冷静を装った。ジーノの存在を知られてしまったのではという恐怖心を抑えようと必死だった。でも、そうではないのだろう。息子の存在に気づいたなら、あんな不快なだけの顔つきで私を眺めるはずはないから。

「最近はやりの無謀なダイエットをしていたんじゃないだろうね？」ヴィンチェンツォが詰問した。

「いいえ」

「だが君は痩(や)せている。痩せすぎだ」

それは長期間の授乳のせいだった。エマが授乳をやめたのは、つい最近だ。加えて、ベビーシッターの仕事、庭仕事、掃除、料理、買い物をこなし、誰の助けも得られない状態で毎日をやりくりすれば、深刻なほど体重が落ちても当然だ。

「まるで骨と皮じゃないか」彼は厳しい調子で続けた。

エマはこれを、そしりととるべきだったかもしれない。かつては彼から、〝携帯できる(ポケット)美の女神(ヴィーナス)〟だ、今まで目にした中で最高に美しい体の持ち主だ、と褒めそやされていたのだから。でも、歯に衣着せぬ非難を浴びせられたことで、エマは二人の関係が本当に終わったことを確信した。つまり、ヴィンチェンツォがエマという人間を嫌いなだけでなく、その体にもそそられなくなったことを。

それでも、認めるには心が傷ついた。あらゆる点において、女性らしさがなくなってしまったように思える。まるで、安っぽい服を身にまとった貧しい自暴自棄の女が、施しの器を抱えて尊大な夫ににじり寄っているみたいだ。

いいえ、そんなことはないわ。私は当然の権利を求めているだけ。彼のペースに巻きこまれてはだめよ。エマは勇気を奮い立たせた。

「どう見えようが、私の勝手だわ。あなたは今も魅力的だけど、口の悪いところも相変わらずね」彼女はきっぱりと言った。

ヴィンチェンツォは短く笑った。エマが互角にやり返せることを忘れていたようだ。それこそ、最初に彼女に惹かれた点ではなかったのか？　内気でありながら相手を射すくめる度胸を持った不思議な女性であるエマに。加えて、彼女が目をみはるようなブロンドの美女だったから、彼は魅入られてしまったのだ。とはいえ、もし今出会ったとしたら、魅入られるようなことはなかっただろう。

「君はとても……変わった、と言いたかったんだ」ヴィンチェンツォはエマを観察した。彼女の髪は、記憶にあるよりのびている。かつてはいつも髪を肩のすぐ下に切りそろえていて、ヴィンチェンツォの好みに合わせていた。その長さなら、彼女が服を脱いだとき美しい胸を隠さないから。だが今、エマの髪はほっそりしたウエストまで奔放にのびていて、カットや手入れが必要だった。

エマの青い目はくぼみ、頬骨が顔に影を落としている。最もショックだったのは、彼女の体つきだった。ほっそりした骨格ではあるものの、かつてはしっかりした肉づきで、甘く熟した小さな桃のようなふくらみを帯びていた。それがいまではすっかり痩せている。たとえそれが今どきの流行であるとしても、彼にとってはまったく魅力がなかった。

ヴィンチェンツォの手厳しい指摘を浴びたエマは、必死になって彼の注意を自分からそらそうとした。「それにひきかえ、あなたのほうはまったく変わらないわね、ヴィンチェンツォ」

「ほう？」彼は、鋭い爪をむき出しにした猫が小ねずみを見るような目つきでエマを眺めた。

エマは視線をさっと彼のこめかみにやった。「そうね、少し白髪が増えたかもしれないけれど」

「威厳が増したと思わないか？」ヴィンチェンツォはからかった。「ところで、最後に会ってから、どれくらいたったかな、いとしい人（カーラ）」

彼はその期間を正確に知っているはずだとエマは思ったが、本能と経験から、相手に調子を合わせたほうがいいと感じた。ヴィンチェンツォを怒らせたり、いらだたせたりしてはだめよ。感情を押し殺し、痩せて魅力のない女性のままでいれば、彼は私がここを出ていくのが待ちきれなくなるでしょう。「一年半よ。時間がたつのは……速いわね」

「光陰矢のごとし（テンプス・ヴォラット）」ヴィンチェンツォは静かにイタリア語で言い直しながら、広大なオフィスの奥の隅にL字形に置かれた革張りのソファを指し示した。「まさにそのとおりだ。座りたまえ」

腰を下ろすのは、思ったより早く帰れないことを意味する。しかしエマの膝は錯綜（さくそう）する感情であまりにも弱くなっていたため、座らなければ倒れてしまいそうだった。彼女は快適なソファに身を沈め、隣に座る男性を警戒の目で眺めた。

かつてもそうだったが、ヴィンチェンツォがすぐそばにいると落ち着きをなくしてしまう。けれど、もし彼にほかの場所に座ってほしいと頼んだら、きっと弱々しい印象を与えてしまうだろう。彼が近くにいるという現実に私が向き合えないみたいに。現実に向き合うことこそ、きょうここに来たもうひとつの理由ではなかったかしら？　二人の間にかすかに残っていたものももはや死に絶えてしまったという事実を、彼と自分自身に証明することが。

でも、本当に死に絶えてしまったの？　エマは心の中で自分に問い直した。もちろんすべてが終わったに決まっているじゃないの、おばかさん。もう考えちゃだめよ。

「食事を持ってこさせようか？」ヴィンチェンツォがきいた。

「おなかはすいてないわ」

ヴィンチェンツォはエマをじっと見つめた。彼も空腹ではなかった。六時に起床して、朝食にパンとコーヒーを少しとっただけだったが。エマの肌はとても青白い。あまりにも透き通っていて、こめかみのあたりに青い血管の網が見て取れるほどだ。彼女はアクセサリーも身につけていなかった。以前好んでしていた真珠のピアスもしていないし、結婚指輪もはめていない。それは当然だ、と考えたとき、彼の唇がゆがんだ。

「さて、用件を聞こうか。君がこの面会を申しこんだのだから、何を求めているのか教えてくれ」

「電話で言ったとおりよ。というか、言おうとしたことよ。離婚したいの」

ヴィンチェンツォの漆黒の瞳は、エマが何度も脚を組み直している様子を見ていた。彼女はどうして緊張しているのだろう？　僕にふたたび出会ったからか？　まだ僕に未練があるのか？　それとも何かまったく別の原因だろうか？

「で、その理由は？」

質問に驚いたエマは、髪に手を入れて後ろに梳（す）くと、目に懇願の色を浮かべて彼に向き直った。冷酷で美しいヴィンチェンツォの顔の持つ力に負けないように努めながら。「今まで別居していたというだけで充分じゃないかしら？」

「いや、違う。女性が現状維持の状態から抜け出そうとするときには、普通は何か理由があるものだ。女性は結婚生活については驚くほど感傷的になるものだからね。たとえそれが、僕たちのように失敗した結婚生活だったとしても」

エマは身を硬くした。ヴィンチェンツォが冷酷になれることは知っていても、実際にひどい言葉を耳にするのは別問題だった。加えてエマは、彼がどれほど頭のいい男性であるか甘く考えていたことにも気づいた。何か理由がない限り、私が突然現れて離婚を要求することなどないと見通している。それなら、彼が信じられるような理由を挙げればいいのよ。内心の声がささやいた。

「あなたも自由が取り戻せるのだから、うれしいでしょう?」

「なんの自由かな、いとしい人(カーラ)」ヴィンチェンツォが思わせぶりに言った。

言ってやればいいわ。エマは自分に言い聞かせた。どんなに言いたくないことでも、吐き出してしまえばいいわ。疑惑に直面してしまえば、もう気にしなくてもよくなるはずだ。

「ほかの女性と付き合う自由よ」

ヴィンチェンツォは驚いたような光を目に宿して、笑い声をもらした。「君は、結婚生活が終わったという正式な証拠がなければ、僕がほかの女性と付き合わないと思っているのか?」彼はあざけった。「君が去ってから、僕が修道士のように暮らしてきたとでも思っているのかい?」

エマの唇はショックで開いたままになり、不快なイメージが鋭いナイフさながらに彼女の心を引き裂いた。「あなたはほかの女性とベッドをともにしていたの？」

「どう思う？」彼はじらした。「その人数まで推測してくれたら自慢できるが……」

「勝手にうぬぼれていればいいわ、ヴィンチェンツォ！　あなたが指を鳴らせばどんな女性だって飛んでくることは、お互い先刻承知だもの」

「君を手に入れたときみたいに？」

エマは唇を噛んだ。そして、心の中で祈った。私の思い出をけがさないで、と。「歴史を書き換えようとしないでちょうだい。あなたが私を追いかけてきたんだわ。求愛したのがあなただったことは、わかっているはずよ」

「いや、その逆で、君は僕を罠にかけたんだ。君は、思ったよりずっと賢かったよ、エマ。純潔な女性を完璧に演じていた」

「私は純潔だったわ！」

「それこそ、君の切り札だったわけだ」ヴィンチェンツォはソファの背にもたれ、安っぽい服がからみついているエマの腿を大胆に目で追った。「君はバージンであることをうまく利用した。僕に目をつけ、じらして、夢中にさせたんだ。清純さを最も尊重し、それにしばられるシチリア人だと知って！」

「そんなこと……思ってもみなかったわ」

「ではなぜ引き返せなくなってから、自分がバージンであると告げた？」ヴィンチェンツォはぴしゃりと言い返した。「もし君がバージンとわかっていたら、僕は君には指一本触れなかったはずだ」

彼に夢中になり本気で愛していたため言い出す機会がなかったのだ、とエマは言いたかった。事態があまりにも急激に進んでしまったのだ、と。当時エマは人生の最悪の状態にあった。自分のことを、彼にはとてもつり合わない女性だと思っていた。結婚に進展するなど、みじんも思っていなかった。そもそもヴィンチェンツォははっきりと熱意をこめて言ったではないか。いつか故郷の女性と結婚して、その子供たちに両親と同じ価値観を教えこむ、と。

心の奥底で、エマにはわかっていた。もしバージンだと告げたら、ヴィンチェンツォは身を翻して去ってしまうだろうと。あのときは心も体も夢中で彼を求めていて、そんなことには耐えられなかったのだ。

「あなたに最初の男性になってもらいたかったのよ」エマは誠実に答えた。

ヴィンチェンツォの唇にあざけるような笑みが浮かんだ。「金持ちの夫をつかまえたかっただけだろう！　君は身寄りも資格もなく、金も資産もなかった。だから、裕福なシチリア人を見つけたとき、君のかわいい体を使って、貧乏から抜け出せると思ったんだ」

「そんなの嘘よ！」エマはぞっとして叫んだ。

「嘘ではない」彼はたたみかけた。

エマの頬に血が上った。「たとえあなたが裕福じゃなかったとしても、私は結婚したわ」

「だが君にとって幸運なことに、僕は貧乏ではなかったわけだ、いとしい人（カーラ）」ヴィンチェンツォは皮肉をこめて言った。「君はすでに僕の財産について知っていたのだから」

エマは殴られたように身を縮めた。ある意味では、彼の言葉は殴られたよりも深く傷つくものだった。でもこれで、彼が私のことをどう思っているかはっきりしたじゃないの。エマはくじけるわけにはいかなかった。求めているものを手に入れ、頭を高く上げて、さっそうとこのビルを出なければならないのだから。

「では少なくとも、離婚しか合理的な解決策がないという点では、お互い一致を見たわけね」エマは冷静に言った。

ヴィンチェンツォの動きが止まる。彼の心の中で、いらだちが募った。エマが論理を振りかざすのは好きじゃない。彼女がふたたび手を触れられない存在になってしまった気がする。ヴィンチェンツォは周囲の女性が自分に夢中にならないような状況には慣れていなかった。エマは本当に、結婚生活に法的な終止符を打つことを、なんとも思っていないのだろうか。それとも、これはみな演技なのか？　今でも彼女をその気にさせられるだろうか、と彼はぼんやり考えた。

いきなりヴィンチェンツォは体をかがめ、エマの唇を自分の唇でそっとこすった。そして、このかすかな触れ合いに彼女が震えたのを感じて、笑みを浮かべた。

エマは凍りついた。だが、肌は上気し、心臓が激しく鼓動を刻み出す。「ヴィンチェンツォ」彼女はなんとか声をしぼり出した。「あなたはいったい何をしているの？」

3

「ちょっと試してみただけだ」ヴィンチェンツォはつぶやいて、ふたたび唇を重ねた。エマの小刻みな息が唇に温かくかかり、彼女の体のあらゆるところに舌を這(は)わせたくなる。かつて幾度もそうしたように。

「やめて……」

しかし、エマは彼を押しのけようとはしなかった。ヴィンチェンツォは彼女の欲望を感じ取っていた。欲望のにおいを嗅(か)ぎ取っていたのだ。彼はいつだって、エマがエロティックな本ででもあるかのように、彼女の欲望を敏感に読み取ることができた。

あの最後のときまで。燃え立つようなローマの熱気の中にエマが去る寸前、ヴィンチェンツォは彼女をとらえ、激しいキスを浴びせた。エマもそれまでの数カ月間には示さなかった情熱をこめて、怒ったようにキスを返したのだった。

ヴィンチェンツォはエマの短いスカートをまくり上げてショーツをずらし、彼女の中に押し入ったことを思い出した。立ったまま彼女を壁に押しつけて。クライマックスに達したエマは、彼の耳にあえぎ声をもらした。そのあとヴィンチェンツォは、飛行機に乗り遅れるという彼女の訴えを無視して、エマを二階の寝室に運んだ。何週間もともにしていなかったベッドに。そしてあの長い夜を通して、彼の体をエマの体と心に刷りこんだのだった。それまで身につけた官能のテクニックを駆使し、彼女を喜びと後悔の念で満たして。

なんてことだ。そのときのことを考えただけで、ヴィンチェンツォの体はこわばった。

「エマ」ヴィンチェンツォはくぐもった声を出した。今度は唇をかすめるようなことはせず、ばらの花びらにハンマーを押しつける荒々しさで唇を奪う。

エマは彼の髪に手を差し入れた。かつていつもそうしたように。

「ヴィ……ヴィンチェンツォ」彼女の声はキスでとぎれた。彼に触れられて反応した以上、もはや被害者ではない。

彼の唇がもたらす甘い喜びに無抵抗で応じてしまったのは、大人の喜びに飢えていたせいだろうか？　最後にキスされてから、どれだけたつだろう？　最後にキスしたのはヴィンチェンツォだった。彼のようなキスをする男性なんてどこにもいない。彼は唇を使って、おだて、じらす。私を女らしく感じさせてくれる。

体をとろけさせるヴィンチェンツォの深いキスに応えて、エマはうめき声をもらした。彼がエマの感じやすい場所を知っていることは、反論の余地がない。彼は自分の体よりもエマの体をよく知っていると自慢したことさえあった。だが彼と愛し合う喜びは、テクニックだけにあるのではなかった。愛情が喜びを高みに押し上げていた。少なくとも最初のころは。

愛情。

あざけるように、その言葉がエマの脳裏をかすめた。今彼がしかけている誘惑のどこに、愛情などと呼べるものがあるだろう？

エマは彼の腕の中でもがいた。「ヴィンチェンツォ……」

しぶしぶ顔を離し、彼は涙で潤んだエマの瞳を見つめた。青い目の部分はほとんど消え、漆黒の瞳孔がじっとこちらを見つめている。唇は開いたままだ。キスをせがんでいるのだ。ヴィンチェンツォのまなざしの下で、彼が愛のテクニックを教えこんだピンクの舌先が乾いた唇を湿らせる。エマは僕が欲しいんだ、とヴィンチェンツォは満足げに考えた。僕に対する欲望は涸れてはいなかったのだ。彼が独占するようなしぐさで片手をエマの膝に置くと、彼女は震えた。ワンピースの下に手を差し入れて奥に這わせ、彼女の熱い体の芯に触れて、ふたたびあえぎ声を出させようか？

「なんだい、エマ？」彼は小声できいた。

「私……私は……」

「胸に触れてほしいのか？　君の美しい胸に」

硬くなった胸の頂をこすられたエマは、彼の指に焼かれるのではないかと思った。ワンピースの上からだというのに。まるで官能の流砂の上に立っているようだ。一歩踏み間違えたら、のみこまれてしまう。

そのせつな、エマの体がこわばった。マナーモードにしてバッグの底に押しこんだ携帯電話が鳴ったような気がしたのだ。気のせいだろうか？　ジーノの具合が悪くなったのかもしれない。ママに会いたいとぐずって、ジョアンナが必死に連絡をとろうとしているのではないかしら？

ジーノ。

きょうここに貴重な電車代をはたいてやってきたのは、疎遠になっている夫から離婚を勝ち取るためだったんじゃないの？　なのに私は今彼の腕の中で、いったい何をしているのだろう。キスを許し、彼の慣れた手つきに興奮をおぼえるなんて！　この人は私を軽蔑している男性なのに。はっきりそう言われたのに。

やめないでとわめく体の声を無視してソファから急に立ち上がったエマは、めまいを起こしそうになった。それでも、彼の危険な誘惑からはなんとか身を振り切ることができた。絶望的な表情を隠すために、巨大な窓に歩み寄る。目の前にはすばらしい景色が広がっていたが、窓ガラスに背をあずけ、やっとの思いでヴィンチェンツォに向き合った彼女の目に、そんな風景はなんの意味もなかった。

「もう二度とこんなことはしないで、ヴィンチェンツォ、二度と！」

「なんだい、いいだろう、いとしい人(カーラ)」彼はセクシーな声であざけった。「君も僕と同じくらい楽しんでいたじゃないか」

「あなたが……あなたが無理やりそうさせたんだわ！」

エマの反論にもかかわらず、ヴィンチェンツォはただ笑い声をあげただけだった。

「あれが無理やりだったというのなら、君が屈服して応じるところを見たいものだね。ともかく、無邪気を装うのはやめてくれ。無邪気なふりをしても無駄だ。女性がキスされたがっているときは、すぐわかるんだ。そして君のことは、ほかの女性よりもっとよくわかる」

ここは彼の縄張りなのよ。エマは自分に言い聞かせた。そのうえ、ヴィンチェンツォは獲物をとらえるときの危険な興奮を楽しんでいる。私にはあまりにも不利な点が多すぎるわ。精神的にも、肉体的にも、感情的にも、経済的にも。議論をしたところで、勝ち目はない。それに、彼に操られようが、屈服しようが、どっちにしろ結果は同じだ。結局はプライドの問題なのだから。私はプライドを保つ余裕などないと覚悟を決めた。今起こったことは忘れて、重要な問題にとりかからなくてはだめよ。

それでもエマには、自分がいちばん重要な問題を避けていることがわかっていた。ジーノの件だ。少なくとも今、ジーノは父親にそっくりだとわかった。なのに、ヴィンチェンツォに息子ができたことを話さないつもりなの？　エマは怖かった。あまりにも怖くて、口に出すこともできなかった。もしヴィンチェンツォに言ったら、いったいどうなるかまったく想像できない。でもきょうここに来た目的を果たしたら、それ以外のことはあとでまた考えればいいのでは？

「私と離婚してくれるの？」エマは不安定な声でたずねた。

ヴィンチェンツォが黙って立ち上がる。エマは豪華なオフィスに放たれた蛇でも見るように身構えた。けれど驚いたことに彼は近寄ろうとはせず、机の向こうの椅子に座ってパソコンの画面をチェックしはじめた。まるで、エマのことなどもう忘れてしまって、もっと大事な用件を片づけようとでもするように。

「どうなの？」エマは繰り返した。

「まだ決めていない。というのは、いまだに君の動機に納得しかねているんでね。知ってのとおり、僕はあらゆる入手可能な情報がすぐに得られるようにしておきたいんだ」ヴィンチェンツォは画面から目を上げて、黒い目を凝らした。「君は、ほかの男と結婚するのが離婚の理由ではない、と言ったね。それは信じられる」

「そうなの？」

「ああ。去勢された男と結婚するつもりでもなければね」ヴィンチェンツォは冷笑した。

「君のキスは、かなり長い間性的な行為からご無沙汰（ぶさた）している女性のものだったよ」

エマの頬が紅潮した。「けがらわしいわね」

ヴィンチェンツォは笑い声をあげた。「いつから性的な行為がけがらわしいものになったんだ？　正直に言っているだけだ。もし動機が男ではないとしたら、金に違いない」彼はエマが体を硬くするのを見て、図星だと感じた。「ああ、そうか。もちろん、金に決まっている。君には金がないんだろう。服装も貧しい女性のものだし、自分の外見をまったく気遣っていない雰囲気が漂っている。いったいどうしたというんだ？　もう億万長者の妻ではないことも、出費を抑えなければならないことも忘れてしまったのか？」

誤解もはなはだしいわ。笑いがこみあげるほどだ。とはいえ、彼の言っていることは間違いではない。エマにお金がないと彼は正しく言い当てた。ヴィンチェンツォの世界では、財産は何よりも重要な問題だ。彼は金銭の話なら理解できる。感情は理解できなくても。それなら、昔の贅沢な暮らしにあこがれる慰謝料目当ての妻だと思わせておけばいいのでは？　そうすれば、お金が必要な本当の理由を悟られないですむ。私が欲に目がくらんでここに来たと思わせておけば、ヴィンチェンツォは私をもっと軽蔑するはずだ。どうせもう二度と会わないのだから、かまわないわ。

「まあ、そんなところね」エマはうなずいた。

ヴィンチェンツォは唇をゆがめた。さっきまで、金のために結婚したのではないと言い張っていたのに、この開き直りようだ。前から疑っていたとおり、エマは財産に誘惑されたわけだ。しかし、それなら彼女の扱いも簡単になる。

「君に財産を得る資格はない、と考える者もいるだろう」ヴィンチェンツォはエマを観察した。

エマの体を恐怖が走った。「何を言い出すの？」

ヴィンチェンツォは肩をすくめた。「僕らの結婚生活はたった数年間だ。子供もいない。君は今でも若くて健康だ。なぜ僕が一度誤った判断を下してしまったというだけで、生涯にわたって君の面倒を見なければならない？」

エマは身を硬くした。すでに痛みの感情など感じないところまできていると思っていたが、それは間違いだったようだ。「私たちの暮らしぶりの違いを見れば、弁護士はそんなふうに考えないと思うわ」彼女は低い声で続けた。「それに、あなたは私に仕事をさせてくれなかった。今私が求人広告に応募したとしても、即採用とはいかないでしょう」

「確かに」ヴィンチェンツォはエマを仔細に眺めながら言った。冬のまぶしい光が突然差しこんで、彼女の髪を金の糸さながらに輝かせる。「では、迅速な離婚を勝ち取るために、君はどこまでするつもりなんだ？」

エマは彼を呆然と見つめた。「どこまでするって？　あなたの……あなたの言っていることがわからないわ」

「わからないのか？　じゃあ、誤解がないように、はっきり言おう。君は離婚したいと言うが、僕はしたくない」

「あなたは……離婚したくないの？」思わしくない状況にもかかわらず、エマの愚かな心ははずんで、声がかすれそうになった。「なぜ？」

「考えてもごらん、エマ。今僕は既婚者だから、女性たちは僕に手が出せない。下心のある女性たちを遠ざけるのに好都合なんだ」ヴィンチェンツォの目が不穏な輝きを帯びた。

「まあ、ある意味では、ということだが。わかるだろう？」

彼の侮辱的な言葉に、エマは凍りついた。

「僕が結婚可能な男性として市場に戻ったとたん、野心的な女性たちを相手にしなければならなくなる。かつての君のような女性たちをね。次のシニョーラ・カルディーニになりたい女性。セクシーなシチリア人で、莫大(ばくだい)な」彼の黒い瞳がエマをあざけった。「財産を持っている男をねらっている女性たちと相まみえるわけだ」ヴィンチェンツォは両手を無造作に頭の上にのばしながら、挑発的に言った。「だから君が離婚を勝ち取るためには、離婚が僕にとってうまみのあるものにしなければならない」

エマは顔から血の気が引いていくのを感じた。でもいくら彼だって、あんなことを示唆しているわけではないでしょう？「あなたの言う意味がよくわからないわ」

「いや、君はわかってるはずだ。君は離婚したい。僕は君が欲しい。最後に一回だけでいい」

エマの指が喉に当てられた。耐えられない緊張感をなんとかして解こうとするように。

息を吸いこむこともできない状態で、エマは首を横に振った。「からかっているんでしょう、ヴィンチェンツォ」

「いや、本気だ。君とひと晩過ごしたい、エマ。しがらみなしで純粋に性的な行為を楽しむ一夜だ。いまだにかすかにくすぶっている燃えさしを燃やしつくすために。ひと晩。それだけでいい。それで君は離婚を手にできる」

二人がじっと見つめ合う中、巨大なオフィスの空間に長い沈黙が落ちた。

「あなたって……あなたって、人でなしだわ！」今起こっていることが信じられないとばかりに、エマは叫んだ。私が結婚した男性は、いちばん高い値をつけた人に体を売る女性のように振る舞えと要求している！

ヴィンチェンツォは笑みを浮かべた。エマが目を大きく見開き、その顔から血の気がうせるさまを見ながら、身を刺す欲望に快楽が加わるのを楽しんでいた。なぜなら、彼女こそヴィンチェンツォを傷つけた女性だったから。彼を利用し、真実を押し隠し、ついには背を向けて去った女性だったから。彼女の瞳がどれほど深い青い色をたたえていようと、どれほど彼女の唇がキスを求めていようと、その事実は忘れられない。

「君は僕と結婚した。だから、僕にはどこか……残忍なところがあることは知っているだろう。君の答えは？　まだ僕を欲しいと思っていることは否定できないはずだ」

エマは首を横に振って否定した。「いいえ、欲しくなんかないわ」

ヴィンチェンツォの黒い瞳が硬質の輝きを帯びた。「嘘（うそ）つきだな。とはいえ、嘘をつくのは君の才能のひとつだったね」

エマはヴィンチェンツォの非難にひるみつつも、じっと彼の瞳を見つめた。「こんなことを話していてもなんにもならないわ。答えはノーよ。地獄に堕（お）ちればいいんだわ」エマは椅子の背にかけたコートをつかんだ。「でも、地獄だってあなたには上等すぎるわね。きっと入れてくれないわよ！」

エマがドアに向かう姿を見ながら、ヴィンチェンツォはかすかな笑い声をもらした。彼女はバッグを肩にかけ、ブロンドの長い髪をなびかせて走っていく。

「さよなら（アリヴェデルチ）、美しい人（ベッラ）」彼はつぶやいた。「返事を待っているよ」

オフィスの外にいた黒髪の美女と受付の聖母（マドンナ）の驚いた表情を無視して、エマはビルから遠ざかった。誰もあとをつけていないことがわかるまで、彼女は歩みを止めなかった。息をはずませながら最寄りのバス停にたどりついたとき、エマは目にしみる熱い涙をどうにか押し戻した。

ヴィンチェンツォは侮蔑的な提案の中でも最悪のものを押しつけてきた。彼は、人でなしよ！　二階建てバスに乗りこむと、エマは携帯電話を取り出した。ありがたいことに着信表示はない。少なくとも、ジョアンナから緊急連絡はかかってこなかったわけだ。ジーノは大丈夫。ジョアンナは私の帰宅がもっと遅くなると思っているはずだ。

大型の赤いバスは、バス専用車線をのろのろと進んだ。いつもならエマは、光り輝く〈ロンドン・アイ〉の姿を賞賛の目で見ただろう。この大観覧車は、背後の古風な国会議事堂の建物に比べるととても斬新だ。だが、エマの目には何も映っていなかった。何も感じなかった。心も体も麻痺（まひ）していた。

エマをよく知らない人だったら、最大の切り札を使うようにと彼女に勧めたことだろう。すなわち、あのプライドの高いシチリア人に、父親になったという事実を伝えるように、と助言しただろう。しかし心の奥底によどむ恐怖感が、彼女をためらわせていた。ヴィンチェンツォはジーノとエマの間に割りこんでくるのでは？　最悪の場合、ジーノを彼女から取り上げてしまうかもしれない。ヴィンチェンツォの権力と資産からすれば、そうするのは彼にとってわけもないことだ。貧しくなんの技術も身につけていないエマには闘うすべもない。

エマは一日乗車券を財布にしまいながら、首を横に振った。ヴィンチェンツォに言うわけにはいかない。どうしてそんなことができるだろう？　それに、もし事実を伝えたとしても、きっと彼は信じないだろう。二人の間にくさびを打ちこみ、ついには不幸せな結婚生活を破綻（はたん）させたのは、彼女の不妊症のせいだったのだから。

エマはぎゅっと目をつぶり、下唇を噛（か）んで記憶を押しとどめようとしたが、うまくいかなかった。彼女の心は意思とは関係なく、エマを記憶のかなたに、辛辣（しんらつ）さと苦渋の時が始まる前へと、連れ戻していった。
ヴィンチェンツォがまだ彼女を愛していたころへ。

4

エマがヴィンチェンツォに出会ったのは、母エディが他界してしばらくたち、人生最悪の時期からようやく抜け出したときだった。母が突然病に襲われたとき、エマは通っていた料理専門学校を休学した。そう決めたのは母への愛情ゆえだったが、いちばんの理由は、母の面倒を見る者がほかに誰もいなかったためだ。

エディは全力で病と闘った。闘病生活は果てしなく続き、最後の数カ月間は、わずかな望みにもすがる日々だった。少しでも効き目のありそうな治療法を聞きつければ、金に糸目をつけず、すぐに小切手を切った。すがる相手は、信仰治療師から霊能者にまで及んだ。あんずとお湯しか口にしないで一週間過ごしたこともあったし、高額なスイスのスパで氷治療を受けたこともあったが、どれも効き目はなかった。もはや手遅れだったのだ。

つらい治療の果てに憤慨しながら死を迎えた母を見取り、エマは心にぽっかり穴があいて、専門学校に戻ることができなかった。結局、弁護士が母の治療費の精算をして残りの財産をはじき出す間、悲しみをまぎらすために、販売員として店に勤めることにした。

だがそのとき、残りの財産はほとんどないことがわかったのだった。支払いは大変な額に達していた。持ち家を処分して支払いを行ったあとは、たった数百ポンドしか残らなかった。

まったく彼女らしくない振る舞いだったが、エマは残りの金額を使いきってしまうことにした。あまりに悲しみばかり見つめてきたので、定かでない将来の幸せなど、考えられなかったからだ。どのみちそんなに少ない残額では、なんの足しにもならなかった。やりくりして生活するような人生が無意味に思えたエマは、太陽の光と歴史と美しさに包まれた土地に身を置きたくなった。そこでシチリアに出かけ、ヴィンチェンツォに出会ったのだ。

その日は、生涯忘れられないほど豊かで鮮やかな色に満ちあふれた日だった。シチリア島の文化遺産を訪ねる日程を変更して、エマは目をみはるばかりに美しい砂浜に、帽子と本を手にして出かけた。まばゆい太陽のぬくもりが白い肌にしみとおった。

彼女の金髪とイギリス人らしい顔つきが行く先々で人目を引くことに、エマは気づいていた。教会や大聖堂（カテドラル）を訪れるときは、現地の慣習にしたがって髪と肩をスカーフで覆った。ドレスも膝丈のものを身につけるようにし、化粧も、しているかどうかわからないくらい薄くした。

宿泊地からさほど遠くないところに、人けのない入江を見つけたとき、エマはずっとしてみたいと思っていたことを行動に移した。ドレスを脱ぎ捨てて、こぎれいなワンピースの水着になり、水と戯れたのだ。そうするうちに、数カ月間の心労が洗われていった。

その後、どうやら眠ってしまったらしい。というのも、目覚めたとき、自分を見つめる男性の影が体の上に落ちていたから。彼は浅黒く痩せていて、筋肉質の体をしていた。黒髪が海からのそよ風になびいている。実は、エマはこの男性に見覚えがあった。彼に見とれない女性なんていないだろう。広場で朝のコーヒーを飲んでいたときに、シチリア人の男性が常用している小型のスクーターに乗って通り過ぎるところを見かけたのだ。

近くで見ると、彼はいっそうハンサムに見えた。その男性に今、物憂げな、それでいて大胆な目つきで見つめられている。エマはそんな彼を恐れるべきだったかもしれない。実際、ある心のレベルでは怖いと思っていた。けれどもうひとつのレベルでは……。

彼の黒い瞳とわずかに冷酷さの漂う唇に秘められた何かが、エマに訴えかけたのだ。自分の中に存在していることさえ気づいていなかった何かに。エマは夢見がちな読書家だった。でも、小説に出てくるようなロマンティックでセクシーな男性に出会ったことは一度もなかった。

その瞬間までは。

彼は色あせたジーンズに同じく色あせたTシャツといういでたちで、素足がやわらかい銀色の砂にめりこんでいた。

「君の名前は(コメ・シ・キアーマ)?」彼は静かに尋ねた。

あの漆黒の瞳が答えを求めているのに、拒むのは無謀で失礼なことに思えた。というより、拒むなど、しようとしても不可能だったろう。

「エマ。エマ・シュリーブよ」

「おや、君はイタリア語がわかるのか?」

エマは首を横に振った。見ず知らずの男性と言葉を交わすべきではないと思いながらも、ここしばらく感じていなかった解放感を味わっていた。「いいえ。でも、努力はしてるわ。どこへ行っても英語が通じるべきだと思ってるような人たちとは違うもの。それに、イタリア語はさほど難しくはないし」彼女はため息をついた。「本当に難しいのはシチリア語よ」

そのときエマは知らなかった。誇り高いシチリアの男性に的確な返事をしたことを。

「あなたのお名前は?」エマはていねいに尋ねた。

「ヴィンチェンツォだ。ヴィンチェンツォ・カルディーニ」彼はエマを仔細(しさい)に見つめながら答えた。

エマがカルディーニ一族の強大な影響力と威信について知るのは先のことで、その日はまだ、彼はただのシチリア人男性だと思っていた。暗い灼熱(しゃくねつ)のようなカリスマ性を漂わせていることは感じていたものの。

ヴィンチェンツォは隣に座って足を海水に浸し、エマを笑わせた。太陽が耐えられないほど熱く照りつけるようになったとき、ヴィンチェンツォは彼女を評判のレストランに誘い、サルデ・ア・ベッカフィーコと呼ばれる、詰め物をしたいわしのオーブン焼きをごちそうした。エマが今まで味わった中で最高の料理だったが、手のこんだこの料理を注文すること自体が富の証であると知ったのは、もっとずっとあとになってからだ。

ヴィンチェンツォは自分が生まれたシチリア島について、エマのガイドブックすべてを集めても得られないほど詳しく熱心に教えてくれた。最近は休暇でしか来られないのが残念だと言って彼はため息をつき、仕事の本拠地はローマにある、と言った。エマは彼の仕事について、あれこれ気のきいた質問をした。けれど本当のところ彼女は、ヴィンチェンツォの顔の荒々しい美しさから意識をそらそうと必死だった。

別れの時間が来て彼がキスをしようとしたとき、エマは金髪を左右に振ってこばんだ。

「悪いけれど、知らない人とはキスしないことにしているの」

ヴィンチェンツォは物憂い笑みを返した。「僕も、ノーという返事は受け入れないことにしている」

「今回は受け入れてもらうわ」エマは応じながらも、実は心残りだった。ヴィンチェンツォが指先に口づけをして、瞳をのぞきこむようにじっと見つめたときには、力が抜けてしまいそうな気がした。

約束もしなかったのに、宿泊していた小さなホテルにヴィンチェンツォが現れたとき、エマは会うことを承諾した。もうすでに、彼に恋しはじめていた。彼も同じ気持ちをいだいていたのだから当然の成り行きだった。〝ひとめぼれ(コルポ・ディ・フルミネ)〟とヴィンチェンツォは表現したが、その声の調子は、望ましくない状態に陥った男性のものだった。彼はいまいましそうに〝雷に打たれてしまった〟と英語で言い直した。

ヴィンチェンツォは、昼間、この島にある邸宅にエマを案内したが、家族に紹介しようとはしなかった。両親はすでに亡くなっていて、彼は祖母に育てられたという。カルディーニ一族には従兄弟(いとこ)たちも大勢いるという話だったが、ヴィンチェンツォは〝僕の親族は、僕が君と付き合うことをよしとはしないだろうね、いとしい人(カーラ)〟と物憂げに言うだけだった。

毎晩少しずつ、エマはそれまで存在することさえ知らなかった快楽について手ほどきを受けた。彼の親族の思いなど気にならなかった。不器用な未経験の女性だと思われることが心配だったけれど、ヴィンチェンツォは喜びの手ほどきをすることと同じくらい、彼女が本能的にためらう姿を楽しんでいた。〝ほかの多くのイギリス人女性とは違って、君のガードが固いことを証明している〟と彼はエマに言った。テクニックにたけた浅黒い肌の男性を探しにシチリア島にやってくる女性たちは、まるでバーでお酒を注文するような気軽さで簡単に体を投げ出したからだ。

すべてはうまくいっているように思われたが、ついにエマがベッドをともにすることを許し、痛みと驚きと喜びという相反する感情にかき乱されたあの夜、事態は一変した。親密な行為が終わったあと、ヴィンチェンツォはベッドに起き上がり、亡霊に取りつかれたような目で彼女を見つめたのだ。

「なぜ言わなかった？」彼は怒った声できいた。

エマは乱れたシーツに覆われた身をすくめた。「どう伝えたらいいかわからなかったのよ！」

「わからなかった、だと？」ヴィンチェンツォの声は苦々しかった。「だから、何もしないでここまで来てしまったというのか？」彼はかぶりを振った。「僕は君の純潔を奪ってしまった。女性にとって最も貴重な財産を」

しかし翌朝までには彼の怒りもおさまり、そのあとの数日間、ヴィンチェンツォはエマに、彼女の体を愛する方法を伝授した。そして彼の体の愛し方も。空港に彼が別れを告げに来たとき、エマは新たに見つけた幸せ、そして二度と訪れない幸せを思って、涙にむせんだのだった。

連絡が来るとは期待していなかったのに、ヴィンチェンツォは突然イギリスに姿を現し、君を忘れることができない、と憤慨して言った。あたかもその責任がエマにあるとでもいうように。彼女には身寄りも定職もないとわかるや、彼はエマをローマに連れて帰った。

自分の付き合っている男性が大富豪だとわかったのは、そのときだった。

エマを愛人として豪勢なアパートメントに住まわせたヴィンチェンツォは、彼女に新しい衣装を買い与えて、誰もが振り向くような美しい女性に磨き上げた。エマは彼の視線のもとに花開いたが、同時に、彼がひどい嫉妬心を燃やす原因が自分だと気づいて少しショックを受けた。彼は、友人でさえエマを求めているのではないかと疑った。

「やつらも君を欲しがっている。わかるだろう？」ヴィンチェンツォが問いつめる。

「相思相愛じゃないことは保証できるわ」

「ほかの男が君を欲しがっていると思うと我慢ならない！　今も、これから先も！」

結婚したのは、エマを独占するためだったのだろうか？　それとも単に、純潔を奪ったという理由で妥協しただけなのか？　ともあれ、結婚はシチリアのカルディーニ一族からの容認を意味した。そしてエマには、ヴィンチェンツォが世界じゅうの富よりも望んでいるものを提供するという義務がもたらされた。

「息子を」結婚式の夜、ヴィンチェンツォはエマの平らな腹部を撫でたあと、暗い決意を秘めて彼女の上に覆いかぶさりながらささやいた。「君に、僕の息子を宿させる」

こんなことをはっきり言われて胸をときめかせない女性などいるだろうか？　けれどこの瞬間から、二人の体の関係は、以前とは異なる調子を帯びるようになった。目的意識が常につきまとうようになったのだ。そして毎月、待ち望んでいる妊娠が成立しなかったとわかるたびに、エマは緊張感にさいなまれた。

あるとき、いつものようにシチリアを二人で訪れた際、ヴィンチェンツォが最も心を許している従兄(いとこ)のサルヴァトーレが、二人に子供ができないことを揶揄(やゆ)した。それを聞いて、エマは侮辱されたと感じて傷ついた。サルヴァトーレは、結婚する前も結婚したあとも、エマに批判的だった。

息子のことは、たとえ会話にのぼらないまでも、二人の頭を離れなくなった。ついにエマはヴィンチェンツォに内緒で、ローマのイギリス人医師のもとを訪ねた。

結果はショックなものだった。エマは診断書を引き出しに入れておくことを恐れた。ヴィンチェンツォには時機を見て伝えるつもりだった。とはいえ、彼の人生最大の望みは絶対にかなえられないという事実を、どんなふうに伝えればよかったのだろう?

結局ヴィンチェンツォはその診断書を見つけてしまった。ある日、その紙を手に握りしめ、今まで見たこともないほど近寄りがたい顔つきをして、彼はエマの帰りを待っていた。

「いつ話すつもりだった?」ヴィンチェンツォは抑揚のない、聞き慣れない声できいた。

彼女の肌に冷たい震えが走った。

「それとも、言わないつもりだったのか?」

「もちろん話すつもりだったわ!」

「いつ?」

「時機を見て」エマはみじめな思いで答えた。

「それはいつのことだ？　子供ができないと夫に宣言するのに時機などあるのか？」

エマは下唇を噛（か）んだ。「不妊治療を受けることもできるわ。養子をとることも。セカンド・オピニオンを求めることだって」

「そうだろうな」

エマはこんなヴィンチェンツォを見たことがなかった。まるで、ガラスの破片が突き刺さったタイヤのようだった。命という空気が失われたのだ。

エマの不妊症が二人の間にさらなるくさびを打ちこんだのは明らかだった。ヴィンチェンツォはエマが隠し事をしていたことをとがめた。〝君は僕に内緒で医師のもとを訪れた〟〝事実を僕から隠していた〟と。

ある日、エマにはわかったのだ。どんなに理由を説明しても無駄なことが。彼は誰かにはけ口を求めている。その相手としてエマほど最適な人物がいただろうか？　ヴィンチェンツォは一族の反対を押しきってシチリア人ではなくイギリス人女性と結婚した。だがそれは誤った選択だっただけでなく、子供の産めない女性を選んでしまうという結果をもたらしたのだから。

エマに残されたのは、簡単だけれど心が引き裂かれるような道だった。つかの間の楽しかった記憶までもけがして二人の結婚生活が目の前で枯れ果てていくままにするべきか、それとも、勇気を出してヴィンチェンツォのもとを去り、彼に自由を与えるべきか。

エマがイギリスに帰ると告げたとき、ヴィンチェンツォは反対しなかった。彼の表情は黒い石のように硬く、人を寄せつけないものに変わっただけだった。私が去っても彼は意に介さないだろう、とエマは苦々しく思った。オフィスで過ごす時間が長くなり、夕食の時間になっても戻らないことがよくあったから。

しかしエマがドア口で振り返って別れの挨拶をしようとしたとき、彼の氷のような雰囲気が変わった。彼の目が何かを訴え、エマは足を止めた。

「ヴィンチェンツォ？」エマはためらいがちに口にした。

そしてそのとき、彼はキスしはじめた。入口のドアの横の壁に押しつけられて、エマの中にあらゆる悲しみと苦々しさと失われた愛情がわき上がった。ヴィンチェンツォはエマの搭乗時刻を無視して彼女を二階に運び、心が引き裂かれるような長い一夜を最後に過ごさせた。

エマが目を開けたとき、ヴィンチェンツォは服を身につけていた。彼は厳しく冷たい顔つきで言った。「出ていけ、エマ。二度と戻ってくるな。もう僕の妻ではないのだから」

そう言い捨てて背を向け、彼は寝室を出ていった。

その日の昼近く、離陸した飛行機の中で、エマは涙に暮れた。

そして約一カ月後、妊娠していると気づいたのだった。

「次はウォータールー駅です！」

エマの夢想は、バスの運転手の声に破られた。

夢の中を歩いているようにバスを降り、駅のコンコースに入ってコーヒーショップを探す。周囲の人ごみなど気にならない。赤ちゃんのことを気にかけずにひとりでいるのは不思議な感じだ。ベビーカーが通れるかどうか、ジーノがおとなしくしていられるかどうかなどと気にしないで、テーブルにまっすぐ進んで椅子に座れるなんて、なんと奇妙なのだろう。

心の中の動揺がおさまらないまま、エマは目の前に置かれたカプチーノの白い泡をじっと見つめた。この不安感は、これからどうやって暮らすかという心配よりずっと根深かった。この不安はヴィンチェンツォに再会したことから生まれたもの。そして、もはや隠しようもない事実からくるものだった。

ジーノは父親にうりふたつだわ！

バッグから小さな写真入れを取り出し、エマは最近撮ったジーノのスナップ写真に見入った。かわいらしい顔を見ていると、痛みと罪悪感で胸がきゅんとなる。この子がこれほど父親に似ているという事実を、私は意図的に無視してきたのだろうか？　傷つくことから自分を守るために、息子と夫を無視してきたの？

そのとき携帯電話が鳴った。見知らぬ番号だったが、エマにはそれが誰からかわかっていた。

高鳴る胸を押さえ、エマは震える指で通話ボタンを押した。「もしもし？」

「提案について考えてみたかい、いとしい人(カーラ)？」

そのせつな、エマにはこれ以上逃げることはできないとわかった。もはや逃げこめる場所はない。それに、これ以上夫に事実を隠すのは不可能だ。ヴィンチェンツォにはジーノのことを知る権利があり、彼女には事実を伝える必要があった。

「ええ」エマはゆっくりと答えた。「それ以外のことなど考えられなかったわ。会って話し合わなければならないわね」今すぐに片をつけてしまったほうがいい。せっかくロンドンにいるのだから、ほかの日にまたジョアンナに子守りを頼む必要はない。「きょうもう一度、会ってもいいわ」

ああ、思ったとおり、エマは気を変えたんだ。ヴィンチェンツォは一瞬、勝利感と期待感をいだいたが、苦々しい失望感もおぼえていた。内心では、自分の侮辱的な提案をはねつけたエマの気骨に感心していたからだ。彼は先ほどのエマの態度に、かつて恋に落ちた女性の片鱗(へんりん)を認めていたのだった。自分に簡単になびいてベッドをすぐにともにするようなことはしなかった、抑制力のある女性の姿を。

だが、そうではなかったわけだ。結局、僕は正しかった。誰にだって売り物はある。たとえエマにでも、いや、特にエマには。

「午後はずっと会議がある。ヴィノリー・ホテルを知っているかな?」彼は冷淡にきいた。

「聞いたことはあるわ」

「六時に来てくれ。ベイルーム・バーに」

エマはほっとして目を閉じた。公共の場だ。そこなら彼に事実を伝えられる。ヴィンチェンツォとて、高級ホテルでかんしゃくを起こすようなまねはしないだろう。「わかったわ」

「じゃあ（チャオ）」ヴィンチェンツォはセクシーな声で言い、電話を切った。

エマは爪をてのひらに食いこませた。これからジョアンナに電話をかけて、予定より帰宅が遅れると伝えなければならないし、六時まで時間をつぶす方法を考えなければならない。息子がいることをどうやって話すかについても考える必要がある。ヴィンチェンツォの反応を想像するとぞっとしたが、たとえどんなことを言われようとも耐え、心を強くして受けとめなければ。自分のために。そして何よりも、ジーノのために。

5

ロンドンの街をあてどなく歩きまわったエマは、いちばんきらびやかなデパートを見つけてウィンドウ・ショッピングをしたあと、化粧室に入って手を洗い、化粧を直した。

ヴィンチェンツォの言葉を聞いて、エマは自分が、がりがりに痩せた魅力のない女性になってしまったように感じていた。だがこれからロンドン有数の高級ホテルに赴いて爆弾発言をしようというとき、こんな腰の引けた思いこそ、最も避けなければならないものだ。

高鳴る胸を押さえながらベイルーム・バーに足を踏み入れたエマは、ヴィンチェンツォがバーのスタッフに話しかけている姿を認めた。背の高い彼は濃い色のスーツを完璧に着こなし、高級感漂うバーでくつろいでいる。

エマはどぎまぎしながら周囲を見まわした。このバーの特徴は、三角形のテーブルとターコイズブルーのベルベット張りの椅子だ。座っているのは、首都ロンドンから世界を動かしている男性たちと、優雅で高額な服をまとい、重力にさからうようなかかとの高いパンプスをはいている女性たちだ。

デパートの化粧室で香水とハンドローションを多めにつけてきたにもかかわらず、エマはこれほど場違いなところに来たと思ったことはなかった。まるでヴィクトリア朝時代の小説に出てくる、道端のマッチ売りの少女にでもなった思いだ。もし選択の余地があったら、迷わず逃げ出していただろう。けれど、もはや選択肢はなかった。

ヴィンチェンツォはバーに入ってくるエマを見て、即座に彼女の姿を値踏みしたが、黒い瞳にはなんの感情も表さなかった。エマは、この午後を使って新しい服を購入しようとはしなかったわけか。これから男と親密なひとときを過ごそうとする女性なら、たいていそうするものだが。ということは、本当に金がないのか。あるいは、いまだに僕に対する性的魅力に自信を持っているのか。

「やあ、エマ」近づいてきた彼女に、ヴィンチェンツォが声をかけた。

「どうも」エマは自意識過剰になっているのを意識しつつ挨拶を返した。ここに来ることになった奇妙な状況と、まるで空から宇宙人が落ちてきたかのような目つきでこちらを見ているスタッフの視線を気にしながら。

「支配人に言われたんだが、あいにくテーブルは満席だそうだ」ヴィンチェンツォはなめらかに言った。「そのかわり、屋上のテラスに飲み物を用意させた」

「テラスからの眺めはここよりずっとすばらしいですよ」支配人はたったいま高額のチップをもらった者の笑みを浮かべて言い添えた。「最上階の部屋まで、スタッフに案内させます」支配人は指を鳴らして、十二歳くらいにしか見えない制服姿のベルボーイを呼びつけ、エレベーターに案内させた。

エマの瞳はこの茶番劇をまったく信じていないと伝えていたが、ヴィンチェンツォの黒い瞳に宿るあざけりも、彼女がどう思おうと気にかけないことを示していた。でもほかに人がいるのに、どうして彼にさからえるだろう？　彼はその点も計算に入れていたのだろうか？　それとも、私が離婚を勝ち取ろうとしたら彼の言いなりにならなければならない、と確信しているの？

エレベーターが上昇する間、居心地の悪い沈黙が続いた。ついにベルボーイが、明らかに広大なスイートルームの一室と思われる、豪華な花で飾られた広い居間に二人を案内した。窓からの眺めは確かにすばらしく、群青色の空を背景に、超高層ビル群の窓の明かりが、さざめく光の花火さながらまたたいている。だが、外の景色より先に目に入ったのは両開きのドアだった。その奥には、今まで見たこともないほど巨大なベッドが備えつけられている。エマは下唇を噛んだ。これは侮辱だわ。あからさまで辛辣な侮辱だ。

「ほかにご用は？」

「いや、結構だ。ありがとう」

エマはベルボーイが出ていくまで待って、ジャケットを脱ぎはじめているヴィンチェンツォに抗議した。

「屋上のテラスに飲み物を用意したと言ったわよね。でも、ここはスイートルームだわ！」

ヴィンチェンツォはネクタイをゆるめながら、笑みを浮かべた。ああ、エマはひと芝居打とうとしているのか。「スイートルームで飲み物をとって悪いということはないだろう？」彼は無造作にシャンパンの入ったアイスバケットを腕で示した。「いくらでも飲んでいいんだよ、いとしい人」

「あなたが頼めば、どんなテーブルだって奇跡的にあくはずでしょう？」腹部に漂う緊張感を取り除きたいと願いつつ、エマは皮肉った。

「頼むこともできたさ。だが、ここのほうがずっと快適だということは君も認めるだろう？　それに、ずっとプライベートな場だ」ヴィンチェンツォはシャンパンをついだ。二つの細長いグラスに、金色の泡が音をたてて満ちる。エマはいつまで無邪気を装うつもりだろうといぶかりながら、彼の瞳が尊大に輝いた。「コートを脱いで。一杯やろう。君は、何か伝えたいことがあると言っていたな」

誰かに首を絞められたかのように、エマは息ができなくなった。そのままうなずいて、コートを脱ぐ。ソファの端に腰を下ろしてグラスを受け取ったが、ヴィンチェンツォはグラスを手にしていないことに気づいた。

シャンパンを飲むのは久しぶりだった。くらっときて、朝から何も食べていなかったのを思い出す。エマはめまいがしていた。彼がこんなに近くにいることに。そして、彼に見つめられていることに。さあ、言うのよ。

「ヴィンチェンツォ……とても言いにくいのだけれど」

エマの隣に座ったヴィンチェンツォは、彼女が震えていると知って、口元に横柄な笑みを浮かべた。午前中のキスで、ご無沙汰だったものに気づいたのだろうか。エマは本当に僕が欲しいに違いない。「ほう？」

ヴィンチェンツォはエマの手から飲みかけのグラスを取ってテーブルに置き、痩せて目立ちすぎているエマの鎖骨にそっと指を這わせた。指の下で彼女が震えるのがわかる。

「わざと言いにくくしてしまっているからだ。そんなふりなど捨てたらいい。僕たちの体はまだ惹かれ合っている。こんなふうに触れ合いたいと思っていることを素直に認めたらどうだい？」

エマは急激に高まる恐怖感でいっぱいになって彼を見つめた。彼は本当に、私が取り引きに応じるために戻ってきたと思っているんだわ。迅速な離婚と一夜の性的行為という取り引きに。「私が言っているのは、そんなことじゃないわ」

だが、ヴィンチェンツォは聞いていなかった。彼はエマが欲しかった。彼女の小刻みな息づかいが胸を揺らすさまに魅せられ、最後に彼女と愛し合ったとき以来最も熱い欲望のとりこになっていた。いや、彼女と性の快楽にふけったとき以来、と言うべきだろう。あの日のローマでの行為には、愛情など存在しなかったから。もしかしたらそんなものは初めからなくて、僕の体を貫いた雷は単なる欲望だったのかもしれない。

「どうでもいい。実のところ、ほかのことはどうでもいいんだ。欲しいのはこれだけだ」

ヴィンチェンツォがエマの唇を奪った。緩慢な長いキス。きょうオフィスでキスされたときと同じ情熱がこもっている。でもここは彼のオフィスではなく、アシスタントの女性が腰を振って入ってくる可能性はない。今回は私の完全な負けね。エマは覚悟を決めた。あと数分で、彼の人生を決定的に変える事実を伝えなければならない。

私はこれから彼の怒りと軽蔑を甘受して生きるすべを学ばなければならなくなる、とエマは思った。ヴィンチェンツォが今侮蔑を示していないのは、私が欲しいから。でも、私も彼が欲しいのでは？　正直に言えば、エマは一度たりともヴィンチェンツォを求める気持ちをなくしたことはなかった。それならなぜ、互いを非難し合う前に、最後の一度だけ楽しんではいけないの？　暗雲が垂れこめる前に、なぜ最後に一度だけ至福の時を味わってはいけないの？

「ヴィンチェンツォ」エマは背のびして彼の広い肩に手をのばし、その力強い筋肉に触れて、うめき声をもらした。「ああ、ヴィンチェンツォ」

彼はエマの吐息がかきたてる甘い記憶に扉を閉ざし、彼女の体を引き寄せた。指の下で華奢な体が震え、シルクのようにやわらかい髪が彼の頬を撫でる。下半身の脈動が耐えられないくらいに激しくなり、ヴィンチェンツォはかつて一度も経験したことがないほどの熱意をこめて、エマの唇をむさぼった。いったいどうやって彼女は僕をこんなにまでかきたてるんだ？

「さわってくれ！」ヴィンチェンツォがかすれた声で言った。「前にしたように、僕に触れてくれ」

エマにとって、ヴィンチェンツォの深い声にひそむかすかな弱さは、彼の懇願と同じくらい心を酔わせるものだった。それとも私は、聞き取りたいと思っているものを夢想しているだけなのだろうか？　いずれにせよ、彼の求めに応じること以外は何もしたくない。エマは両手をゆっくりと彼の胸にすべらせ、シルクのシャツの下にある固い体の感触を味わっていた。

「こんなふうに？」

「もっと（ピウ）だ！」

「もっとね？」

「そうだ（シ）！　もっと、もっと続けるんだ」

エマの指先が彼の腿の付け根に行き着くと、ヴィンチェンツォが何かをシチリア語でうめいた。おそらく悪態だろう。自分が感情の言いなりになっているのが我慢できないのだ。

「これでいい？」

「ああ、それでいい。ああ、エマ」ヴィンチェンツォはうめいた。青白い魔女のエマ！
ためらいつつも、かつてはよく知っていたエマの体に手を這わせた。まるで初めて触れる
ように。だが、顔をしかめる。どこか違う。痩せたのは事実だが、胸の形も変わった感じ
がする。とはいえ、まだ服を身につけているので、それ以上はわからなかった。彼はエマ
の胸をてのひらで包んで、指を這わせた。「このやっかいな服を脱ぐんだ」
体が燃え上がってはいても、エマは緊張感にとらわれた。いくらヴィンチェンツォだっ
て、目の前でストリップなどさせたいわけではないでしょう？　新婚のときだったらそう
したかもしれないけれど、こんな状況では不可能だわ。彼に買われたみたいに思えるもの。
〝それが真実じゃないの？〟内なる声がささやく。〝そうでしょう？〟
エマはそんな声に耳を閉ざし、乾いた唇を舌で湿らせた。「あなたが……あなたが脱が
せて」
「そうしてほしいなら」彼がつぶやいた。
ヴィンチェンツォは巧みだった。今までに数えきれないほどのドレスを脱がせたに違い
ない。最後に私を腕に抱いてから、どれくらい女性の服を脱がせてきたのかしら。彼に脱
がされた安物の服が床に落ちるにまかせながら、エマは傷ついた心でいぶかった。
ヴィンチェンツォはエマから体を離し、黒い瞳をレーザー光線のようにきらめかせて彼
女を凝視した。「君が見たい」

エマはできるものなら胸を手で隠し、しゃがみこんで、彼の批判的な目をかわしたかった。見られたくなかったのは、貧相な体と、実用的なショーツ、そして……。

「パンティストッキングか！」彼の口調はあざけりに満ちていた。「いったいいつからこんなものをはくようになった？」

億万長者の所有物であることをやめてからよ！　エマは叫びたかった。シルクのストッキングとガーターベルトは、夜中に起き上がって赤ちゃんにミルクをあげる生活に必ずしもふさわしいものではないことを、彼は知らないらしい。

ジーノのことと、これからヴィンチェンツォに真実を伝えなければならないという事実を思い出しただけで、エマが一瞬凍りつくには充分だった。今している行為を中断して、無意味なことをしている、と彼に言いたかった。しかし、ヴィンチェンツォはすでにパンティストッキングをくるぶしまで引き下げていた。続いてそれを足の先からはぎ取り、黒髪の頭を彼女の腿の付け根に押しつけて、ショーツの上からキスしはじめる。エマは彼が欲しいという燃えるような欲望に耐えきれなくなり、もどかしげに身をよじった。

「ヴィンチェンツォ」

「ベッドに行きたいかい？」彼が熱っぽくきいた。

でも、そうしたらムードが壊れてしまうのでは？　私はきっと尻ごみしてしまうだろう。このところずっとなかったほど生き生きしているのに。エマの理性は、今している行為はこれまでの人生の中で最も無謀なことだと告げていたが、体はそうは考えていなかった。それに、ヴィンチェンツォはまだ私の夫だわ、とエマは思った。今したいと思っていることは、楽しみであると同時に、私が手にしていい権利のはず。

「いいえ」エマはかつていつもしていたように指を彼の漆黒の髪にからませて、ささやいた。「ここがいいわ」

ヴィンチェンツォはエマが簡単に降伏したことにうめき声をもらした。氷の女王からいともたやすく妖婦（ようふ）に変身するエマ。クールなブロンドの外見の下にひそむエマの激しい情熱に、彼は魅了されてきたのだった。そして、その官能的な奔放さをいつも巧みに彼女から引き出していた。結婚生活最後の、あの数カ月に至るまでは。ヴィンチェンツォはエマにすべてのテクニックを教えこんだ。だからもう一度だけ、その成果を楽しんでどこが悪い？　僕のベッドから離れている間に、どれだけ上達したかを確かめるために。

「僕のシャツを脱がせるんだ」ヴィンチェンツォは命令した。

エマの震える手が、やわらかな布地をなめらかな彼の肌からすべらせる。指先で小さな円を描いて彼女がじらそうとしたとき、ヴィンチェンツォはてのひらで止めた。

「あとでだ。それはあとでいい……今は……」

ヴィンチェンツォはベルトのバックルをはずしにかかったが、エマはあとなどないと考えていた。良心が〝今、伝えなければだめよ〟とささやいていたが、それにはしたがわなかった。そのかわりに、彼女はむさぼるように彼の肩と喉に唇を這わせ、小さなうめき声をあげた。唇がざらざらした彼の顎に触れる。その誇らしい顎の線を唇がつたうにつれ、ヴィンチェンツォは喜びに満ちたため息をもらした。

男女の営みって、なんて残酷なのかしら。エマは震えながら考えた。ただ残酷なだけではなく、ずる賢くもある。今でも相手を愛していると思わせて、嘘の感情が本当であるかのごとく感じさせるのだから。私はヴィンチェンツォを愛してはいないわよね？　過去に起こったことを考えれば、それは当然でしょう？

エマはヴィンチェンツォが体を離し、身につけていた最後の一枚を脱ぐさまを見ていた。そのあと彼はソファに近づいて、エマがほとんど忘れかけていた官能的な暗い力で彼女を押し倒した。彼が金褐色の巨人さながら体の上に覆いかぶさり、待ち受ける彼女の肌に身を沈めたとき、エマには一瞬、時が凍りついたかに思えた。

「ヴィンチェンツォ！」

彼が入ってきて体がぴったりひとつになったとき、エマは叫び声をもらした。しばらくの間、彼は動かずに、官能にけぶる黒い瞳で彼女を見下ろした。だがその瞳には、つかの間、何かほかの感情が走ったようだった。何か怒りのようなものが。

「ヴィンチェンツォ？」エマはふたたび彼の名を呼んだ。今度はいぶかりながら。

ヴィンチェンツォはわずかに首を左右に振り、エマの中で動き出した。これほどまでに自分を魅了するエマの官能的な支配力に、侮辱されたような気がした。体の下を見やると、エマは目を固く閉じ、頬を上気させて、完璧な形の脚を彼の背中にきつく巻きつけている。

だがこれで、長い間僕を悩ませていたことが吹っ切れるのではないか？　ついに、彼女の邪悪な影響力から逃れられるのでは？　ヴィンチェンツォは唇を引き結んだ。「僕を見るんだ、エマ」

気の進まないまま、エマはまぶたを震わせて目を開いた。目を閉じている限り、想像力を働かせることができる。今起こっていることは、互いに愛し合っている結果だと信じられる。でも事実は想像となんとかけ離れているのだろう。しかも、ここでこうして二人が出会うことになった原因はなんと複雑なのだろう。エマは緊張した彼の顔に目を向けた。

「ああ、ヴィンチェンツォ」

「ああ、ヴィンチェンツォ、か」彼は両手をエマの腰の下に入れながら、あざけった。

「僕は、君が今まで相手にした中で最高の愛人かい？」

「あなたは……あなたはそうだと知っているでしょう！」エマはあえぎ声をもらした。彼は私を傷つけようとして尋ねたのだ。けれど次の瞬間、そんなことはもうどうでもよくなった。もはや引き返せないところまできてしまっていたから。思ったよりもずっと早く。急激に空の高みまで押し上げられて、そのあとにゆっくりとじらされながら引き戻されているように感じる。「ヴィンチェンツォ……あ、ああ。そう……そうよ……いいわ！」

ヴィンチェンツォは自分に巻きついたエマの体がぎゅっと締まるのを感じたものの、彼女が身を反らし、爪を彼の肩に食いこませてのぼりつめるのを見届けるまで待った。そしてようやく自らがクライマックスに達することを許し、喜びに浸った。これほどまで官能に流されるのは初めてで、その圧倒的な喜びの前にヴィンチェンツォは完全に無力だった。喜びはとどまるところを知らず、果てしなく続く。終わったあとも、彼は最後の波が静まるまで、エマの中にいた。

ヴィンチェンツォは上気したエマの顔を見た。湿った頬にひと筋の髪が張りついている。以前ならその髪を手に取って、指にからませただろう。けれど今は……。そんなしぐさをしたら、彼女をいとしく思っていることになる。いとしさこそ、今感じている感情の対極にあるものだった。

ヴィンチェンツォはエマから離れ、ソファから起き上がってテーブルに歩み寄ると、水をグラスについだ。水を飲みながら、グラスの縁越しにエマを見つめる。「わかっているかい？　君がよく使う言葉を使えば、僕らはあまりにも〝その気になっていた〟ので、避妊具を使わなかった」彼はあざけった。「とはいえ、二人ともよく承知しているように、その点は心配など無用だな」

信じられない思いで、エマは部屋の反対側にいるヴィンチェンツォを見つめた。体が震え出す。あまりにもひどい残酷な言葉だ。こんなに傷つく言葉を、わざわざ最後にとっておいたとは。最も親密な行為を交わしたばかりだというのに。彼は最悪の手段で私を傷つけようというのかしら？　いいえ、ヴィンチェンツォは完璧に間違っているし、それをこれから思い知ることになる。でも、残酷な言葉を投げかけられたのはかえってよかったのかもしれない。もうこれ以上、ヴィンチェンツォ・カルディーニにばかげた期待をしてはいけないと、よくわかったから。

「それは余計な言葉だわ」エマはこわばった口調で言った。

「ほう？」ヴィンチェンツォはあざけった。「だが、真実だ」

彼がどれほど間違っているかを伝えたとしても、決して信じようとはしないのでは？

エマはブラジャーとショーツに手をのばした。彼に真実を伝えなければならないにしても、一糸まとわぬ姿で、そんな話をするわけにはいかない。

ヴィンチェンツォは服を身につけるエマを眺めていたが、止める気にはならなかった。もう一度彼女が欲しくなったら、急いで服を脱がすまでだ。そのとき彼が感じていたのは、嫌悪感だけだった。体の欲望は、なんとすばやく現実を包み隠してしまうのだろう。いったん情熱が満たされたあとに残るのは、冷たい現実だけだ。

今やエマは、嘘にまみれた妻でしかなかった。しかも、迅速な離婚を成立させるために、体の取り引きに応じるような女だ！　ヴィンチェンツォは身じまいを始めた。一刻も早くエマから離れたい。

「ヴィンチェンツォ」ワンピースを身につけ、乱れた髪を上気した顔から払って、エマが振り返った。「あなたに伝えることがあると言ったのを覚えている？」

シャツのボタンをかけ終わり、靴をはこうとしていたヴィンチェンツォは、彼女を見ようともしなかった。「ああ、期待で胸がうずくよ」皮肉たっぷりだ。

エマは深呼吸した。この事実を伝える方法は、いったい何とおりあるだろう？　いや、ひとつしかない。あまりにも強烈な事実は、たとえどのように伝えようと、その取り返しのつかない衝撃を弱めることはできないだろう。でも、どう言ったらいい？　どう話せばいいの？

「ヴィンチェンツォ。あなたには……つまり……私たちには……」エマは咳払いした。胸が激しく打っている。「つまり、その……私たちには息子がいるの。男の子が。あなたには息子がいるのよ」

6

ほんの一瞬、ヴィンチェンツォは聞き間違えたのではないかと思った。だがエマの声の調子が、単なる聞き間違いなどではないと告げていた。疑い深く細くした目でエマを凝視して、彼は鋭く問いつめた。「今、なんと言った？」

エマは息をのんだ。「あなたには……あなたには息子がいるのよ、ヴィンチェンツォ。というより、私たちには息子がいるの。名前は――」

「黙れ、黙るんだ！」

ヴィンチェンツォは嫌悪感に駆られて大声をあげた。言葉の厳しさがエマの口をつぐませる。今まで感じたこともないほどの怒りがこみあげ、彼は両わきで手を固く握りしめた。ヴィンチェンツォはエマに駆け寄って彼女の体を激しく揺さぶりたい思いに駆られたが、自分が何をしてしまうか怖くて思いとどまった。

「君は離婚を手にするがいい。結局のところ、体で支払ったんだからな。行為自体はあきれるほど短かったが、けがれを浄化することにはなった。もうこれ以上、君の愚かな嘘で僕を操ろうとはしないでくれ」

エマは首を横に振って、彼の侮辱的な言葉から自分を守り、真実に意識を集中させようとした。「嘘じゃないわ。本当よ、誓って言うわ」

「誓うだと?」彼の瞳には暗い炎が燃え上がっている。「僕らにはあんな過去があるのに、なぜそんなことを言い張る?」ヴィンチェンツォの心は、エマの信じがたい言葉から真実を導き出そうとしてもがいていた。けれど、たどりついた結論はひとつしかなかった。

「君には子供がいると言うのか?」

「そうよ」

「だが、そんなことは不可能だ」ヴィンチェンツォは思わず一歩前に踏み出した。怒りで声がくぐもっている。「君は不妊症だ。子供はできない。君はひそかに医者に通って、そう言われたんじゃないか。今でも僕は、その医者が書いた診断書を持っている。まさか忘れたわけじゃないだろう」

「もちろん、忘れてなんかいないわ」

「では、いったいなぜ君に子供ができた? そして僕が父親だとどうしてわかるんだ」ヴィンチェンツォは声を荒らげた。

エマは息をのんだ。「お願いだから、冷静に話せない?」

「冷静にだと?」ヴィンチェンツォの声は氷のように冷たかった。「正気で言っているのか？　こんな嘘をついておいて」

「嘘じゃないわ！」エマは必死に繰り返した。「こんなことで嘘などつくわけがないでしょう？」

「君が嘘をつく理由などいくらでも考えつく」ヴィンチェンツォは苦々しく言った。「僕の財産が恋しくなり、その大きな分け前にありつこうと思えば、どんな詐欺だって――」

「詐欺ですって？」エマはぞっとして彼の言葉をさえぎった。「あなたは、私が安っぽい詐欺師か何かだと思っているの？」

ヴィンチェンツォは肩をすくめた。怒りのあまり動悸が激しくなる。「もうそれは証明ずみだ。不可能だとわかっていたのに、ずっと子供をつくるふりをしていたのだから。もしそれを詐欺というのでなければ、詐欺という言葉の君の定義が聞きたいものだね、いとしい人」

恋人を呼ぶべき言葉がこれほどのあざけりをこめて口に出されたことはなかっただろう。彼の黒い瞳が放つ軽蔑の光を見てエマはたじろぎ、乾いて紙さながらに感じられる唇のまわりを舌で濡らした。「あなたをだまそうと思ったことなど一度もなかったわ」

「ほう？」

「あなたに結果を知らせるのが怖かったの」

「それで、僕を愚鈍な夫のように扱ったわけか！　そんなに重要なことを、僕に隠し通せると思ったのか?」

「いいえ。もちろん違うわ。隠すつもりはなかった。あなたに言うつもりだったわ」

「ではいったい、君は僕に何を話すつもりだった、エマ?」ヴィンチェンツォの声が突然なめらかなものに変わる。

エマは少しリラックスした。「私には……私には子供ができないって」

「なのに今になって、医者が間違っていたと言うんだな? 君を妊娠させようと無駄に努力していた日々はまぼろしで……君は結局のところ妊娠できた、と?」

「そうよ! あの産科医は、そういうこともときどき起こると言ったわ」

「奇跡だな」ヴィンチェンツォは皮肉たっぷりに言った。「では、この奇跡はいつ起こった? 子供は何カ月なんだ?」

エマの心に、もうこの件は忘れて、と彼に伝えたい気持ちがこみあげた。ヴィンチェンツォに息子を認知してほしいと懇願するようなまねはしたくない。私はすでに充分な愛情に恵まれている、とも言ってやりたかった。

だがエマは、ジーノのために踏みとどまらなければならないと思い直した。ジーノが大きくなったら、父親はどこにいるかときかれるかもしれない。そのとき息子の目をまっすぐ見て、私はヴィンチェンツォに事実をすべてもらさず話したと伝えなければならない。息子の存在をヴィンチェンツォがどう思ってどう行動しようと、それは彼の問題だ。少なくとも、私に良心の呵責はない。

「十カ月よ」この言葉の重要性を理解していたエマは、ヴィンチェンツォが目を細くして無言で月数を数える姿を眺めた。彼は自分が父親である可能性について急いで暗算をしている。侮辱的な仕打ちだが、今は自分の感情など問題外であることがエマにはわかっていた。

「君はいつ妊娠したというんだ?」

「それは最後に……最後にベッドをともにしたときに違いないわ。覚えている?」

ヴィンチェンツォは皮肉っぽい笑みを浮かべた。「覚えているか、だって? 忘れられるはずがないだろう」

それは、数週間ぶりに二人が親密な行為にふけったときだった。二人の間が徐々に冷めてきていたところに、エマには彼の子供を産むことができないとわかった。彼女が診断結果を隠していた件が判明したため、二人は完全に疎遠になっていた。エマが隠した医師の診断書は、二人の間にわだかまっていた不和のシンボルだった。ヴィンチェンツォは、エマには真実などかけらほどもあるのかと疑うようになっていったのだった。

〝初めて出会ったとき、君は本当に純潔だったのかい、エマ?〟ある日の朝食で、ヴィンチェンツォはエマに冷たくきいた。〝それとも、純潔すらもまやかしだったのか?〟

そのときエマの瞳から生き生きした光が消えたのを、ヴィンチェンツォは覚えている。

彼はその様子を見て小気味よさをおぼえたのだ。

〝ああ、そんなことをきいて、どんな意味があるの、ヴィンチェンツォ？〟エマはあきらめたように答えた。〝それほどまでに私をあさましく思っているなら、そんなことをきいても、なんにもならないでしょう〟

ヴィンチェンツォは、その言葉を聞いて安堵に包まれたのを思い出し、もうこの嘘つきの小さな顔を見ずにすむのはありがたいことだ、と自分に言い聞かせた。もちろん、もとからこの結婚に反対していた従兄弟たちのあざけりを浴びながら暮らさなければならないが、そのくらいは我慢できる、と。

とはいえ、エマと別居して暮らすのは、予想していたより難しかった。ヴィンチェンツォはエマの輝く金髪とほがらかな笑顔、そして彼女の華奢な体が彼の頑健な体にぴったり沿う感覚が忘れられなかった。けれどついに、そんなものは外見だけのことで、ほかの女性で足りると思いこむようになった。エマはもはや結婚したばかりのころのエマではない。彼女への信頼は失われたのだ。誇り高いシチリア人の男性にとって、信頼こそすべてだった。

ヴィンチェンツォはたった今直面している奇妙な状況に気づいていた。高級ホテルのスイートルームの部屋の反対側にエマが目を大きく見開いて立っている。その頬は先ほどまでの愛の営みで上気し、髪は乱れたままだ。僕は今、彼女の子供の父親だという驚くべき事実に、どう立ち向かったらいいのだろう?

仕事上のライバルだったらぞっとするはずの冷酷な無関心さでいくつかの選択肢を考慮しながら、ヴィンチェンツォはミネラルウォーターをグラスについで飲み干した。緊張をやわらげてくれるアルコールの力を借りたいところだが、今は集中力を最大限に発揮しなければならない。

彼の黒い瞳がエマを射抜いた。「問題は……君を信じられるかどうかだ。君は単に、僕の財産をできるだけしぼり取ろうとしているだけなのか」

エマはため息を押し殺した。「私がこんな方法を使って、あなたからお金をしぼり取ろうとしていると思っているの? こんなみじめな状況に、私がわざわざ身を落とすとでも? そんなまねをするくらいなら、床磨きでもしたほうがましだわ!」

「では、なぜそうしない?」ヴィンチェンツォが冷たく言い放った。

もはや我慢の限界だった。エマの中で何かがはじけ、冷静でいようという決意はどこかに消え去ってしまった。ここ数カ月間の心労と必死の努力がよみがえる。ヴィンチェンツォに真実を伝える決心をしたのに、彼とまた性的な関係を持ってしまった自分の愚かさも悔やまれる。すべての思いが、怒りと憤慨と不安のないまぜになった感情に火をつけて爆発させた。

「それは、私には世話をするべき赤ちゃんがいて、働きに出るのが難しいからよ。あなたは知らないだろうからはっきり言うけれど、ベビーシッターの費用は、私の稼ぎよりかかるのよ！　でも、こんなことはあなたに理解できるわけがないわね。あなたは生まれたときからずっと楽な暮らしをしてきたんだから。あなたが欲しいと思うものはなんでも、手をのばせばそこにあった。お金はあなたの人生を快適にしてくれたでしょうね、ヴィンチェンツォ。でもその一方で、あなたの人生を曇らせてしまったわ。だってあなたは、持てる者の悲しい性（さが）で疑い深く物事を見ずにはいられないのだから。新しい人に会うたびに警戒警報が鳴って、〝この相手は僕という人間を知りたいと思っているのか、それとも僕の莫大（ばくだい）な財産に手をつけようと思っているのか〟って考えるのでしょう」

「もう充分だ！」ヴィンチェンツォが不機嫌に言った。「君は、金銭的倫理観について僕に説教を垂れることができるような立場にはないだろう。君の道徳観念も大幅な修正が必要なのに」彼はしわの寄ったエマの服と彼女の上気した顔をなめるように眺めた。「教えてくれ。きょう君が僕と性的行為に及んだのは、そうすればより有利な立場に立てると思ったからなのか？　こんなことをきくのも、もし僕が君だったら、先々の戦略について考え直すからだ、いとしい人（カーラ）。もし金額面で折り合うまでセックスを控えていたら、君の価値はずっと高まっただろうよ」

　この言葉が決定打になった。激怒したエマは、もはや自分を抑えることができなかった。スイートルームを横切るや、ヴィンチェンツォに挑みかかり、彼の胸に拳（こぶし）の嵐（あらし）を浴びせかけた。

だが彼はただ笑い声をあげただけで、エマの小さな両手を難なくつかみ、軽蔑を浮かべた唇を彼女の耳に近づけた。

「こんな派手な行動に出れば、僕が君の言いなりになるとでも思ったのか？　それとも、君を味わいたくなるとでも？」

「ヴィンチェンツォ！」

「ヴィンチェンツォか！」彼はあざけった。しかしそのとき、強烈な欲望が腿の付け根を襲った。エマのやわらかなふくらみに体を押しつけて、この地獄のような欲望を手早く解放したい。とはいえ、何もしがらみのない性的行為ならまだしも、子供がいるなどと言われたあとで彼女とベッドをともにするのは問題外だ。

汚染されたものから身を離すようにエマから手を引き、ヴィンチェンツォは背を向けたまま部屋の反対側に行った。彼はよく人から表情が冷たく閉ざされていると言われる。〝ヴィンチェンツォが何を考えているかをその表情から読み取ろうとするのは、まるで石の心を読もうとするようなものだ〟と。けれど誰よりも彼をよく知っているエマは、彼の表情を読み取るのがうまかった。だから、気をつけなければならない。

窓の外に目をやって、ヴィンチェンツォはテムズ川のほのかな暗い輝きと、川面(かわも)に反射する周囲のビルのまばゆい光を眺めた。彼の理性はエマが嘘をついていると告げていた。

そして、もし彼女がこのばかげた主張を繰り返すなら、弁護士にゆだねたほうがいいとも示唆していた。途方もなく豊かな男性が子供の父親だと訴えられるのは、よくある話だ。だが幸運なことに今では、このようなまやかしの訴えに対処する方法がある。

エマにはこのスイートルームをただちに立ち去るよう要求するべきだ。もう二度と会う必要もないのだから。あとは弁護士にまかせればいい。

しかし本能が、理性の声にしたがうことをためらわせていた。その理由は、ヴィンチェンツォにもわからなかった。先ほどの行為がダイナマイトのように強力だったからだろうか？　エマとはいつもそうだったが。そして、あの行為によって引き起こされた飢えを満たせるのは、彼女をおいてほかにはいないと思うからだろうか？

エマに調子を合わせておいたほうがよくはないか？　そうすれば、永遠に別れる前に、もう少し彼女の体を楽しめる。エマの二面性をふたたび認識することは、いまだに彼の五感に影響を及ぼす彼女の魔力を解くのに役立つのでは？

ヴィンチェンツォはいきなり振り向き、緊張した受験生さながら下唇を噛(か)んでいたエマを驚かせた。彼女は緊張しているのか？　もちろん、緊張しているに違いない。

「君はどこに住んでいる？」彼は尋ねた。

「ボイスデイルという小さな町よ。ここから車で一時間くらいかかるわ」

「きょうは運転してきたのか？」

一端は自分にも責任があるとはいえ、痛みと苦しみにさいなまれていたエマは、彼がいったいどこの惑星に住んでいるのかといぶかった。が、すぐに思い至った。彼は〝富裕星〟に住んでいるのだ。ヴィンチェンツォは彼女が貧乏であると言い当てたが、彼のような恵まれた境遇にいる者は、貧しさが実際に何を意味するのか、まったく理解できないだろう。ヴィンチェンツォにとって、〝お金がない〟ということは、〝普通の車しか手に入れられない〟ことだ。道路税やガソリン代にも事欠くのに、車の運転を習うなど論外だというような状態は、彼には想像もできないはずだ。

「いいえ、まだ免許は持っていないわ」エマはこの場所からできるだけ早く逃れることだけを考えて答えた。自分を蔑視している男性の顔と、体を許してしまった自らの過失から逃れるために。エマが望んでいたのは、彼の記憶をすべて洗い流してしまうことだった。家に戻りしだい、お金がかかっても湯わかし器に電源を入れて、たっぷりと湯を入れたバスタブに身を浸したかった。「電車で来たの」

エマは腕時計に目をやった。でも、その数字は涙でにじんでよく見えない。少なくとも、彼には事実を伝えたわ。信じてもらえなかったけれど。これでジーノは私を責めることはできなくなる。かえってよかったのかもしれない。もう二度とヴィンチェンツォに会う必要はないし、私はなんとかやっていけるだろうから。なんとか。

「もう帰る時間だわ」

「そうだな。車を手配しよう」ヴィンチェンツォがポケットから携帯電話を取り出しながら言った。

「その必要はないわ。ありがとう。私は大丈夫よ」

「僕が紳士的に振る舞っていると思っているのかい？　いとしい人（カーラ）」ヴィンチェンツォは首を横に振りながらあざけった。「いいや、君は勘違いしている。君は公共交通機関で満足できるかもしれないが、僕は違う」

エマは驚いてヴィンチェンツォを見つめた。「あなたの言っている意味がわからないわ」

「わからない？」ヴィンチェンツォが穏やかにきき返した。「君は、僕も一緒に行くと思わなかったのか？」

エマは警戒して彼を凝視した。「あなたもボイスデイルに行くというの？　でも……」

「でも、なんだ？」

「あなたは私を信じていないと思っていたわ」

「信じていないさ」携帯電話に番号を打ちこみながら、ヴィンチェンツォの唇が引き結ばれた。早口のシチリア語で何かを告げたあと、冷たいまなざしでエマを見る。「だが、事務手続きや時間を無駄にしないですむいちばんの方法は、この目で赤ん坊を見ることだ」

「父親であるかどうかを知るには、ひと目見るだけでいいと言うの？」

「もちろんだ。カルディーニ一族の遺伝子はすぐにわかる。君にもそれはわかっているだろう」

エマは息をのんだ。「でも、あの子は眠っているわ」

エマは窮地に立ったというわけだ。「そのほうがいい。赤ん坊を動揺させたくはないから」携帯電話の低い振動音がヴィンチェンツォの注意を引き、彼は、軽蔑のまなざしをエマに向けた。「さて、靴をはきたまえ、いとしい人（カーラ）。手っ取り早く片づけることにしよう。車が着いたようだ」

7

地獄に向かっている気分だった。

お抱え運転手が運転する、ヴィンチェンツォの高級車のやわらかな革張りのシートに、エマは身を硬くして座っていた。まるで銃殺隊と相対しているかのように。決して誇張ではなく、それこそ今のエマの気持ちだった。ヴィンチェンツォの冷たい言葉は冷たい銃身にも匹敵するものだ。

しかし、そんなことを考えてもどうにもならない。ほかにどんな成り行きになると思ったの？　エマは自問した。私はヴィンチェンツォがどんな男性であるかをよく知っている。天地が引っくり返るような情報を彼がただ黙って受け入れるはずがないことは、最初からわかっていたはずだった。彼が思慮深い顔つきでうなずいて、すんなり離婚に応じ、いつ息子のもとを訪れたらよいかと礼儀正しく尋ねる、などとでも思ったの？　そんなことはあり得ない。

こういった状況になると予想しなかったとは、なんて愚かだったのだろう。

　とはいえこれでもうすぐ片がつき、これ以上悩まなくてもすむようになる。ヴィンチェンツォが次に何をするのかエマは不安に思ったが、もう恐怖におののく必要はなかった。彼はジーノを目にしてすぐに、あの子が自分の血を分けた子だと気づくだろう。エマはここまで考えて、両手の指を組んだ。もちろん、彼が我が子を認めることにより新たな問題が生じてくるのは避けられない。だが少なくとも私は正しいことをしたわけだ。ヴィンチエンツォは怒るだろうが、当初の怒りがおさまれば、きっと大人として対応し、私たちは建設的な妥協策にこぎつけることができるはずだ。

「きょうは、誰が面倒を見ているんだ？」

　闇の中で、疎遠だった夫から発せられた質問は、とがめるような調子を帯びていた。

「友人のジョアンナよ」

「そうか」

　暗がりの中でも、彼の唇がねじ曲がったのがエマにはわかった。ヴィンチェンツォがそれをわざと見せつけたことも。

「で、君の友人は赤ん坊の世話に熟練しているんだね？」

「同じ年ごろの息子がいるわ」エマは急いで言った。言い訳をしなければならないことを腹立たしく思う一方で、自分がよい母親であると印象づけなければならないと感じていた。

「ジョアンナはあの子にとてもよくしてくれているの。今夜は、子供をご主人にあずけて、ジーノが自分の家で眠ることができるように、わざわざ来てくれているのよ」

ヴィンチェンツォは引き締まった腿を指でたたいて、不気味な音をたてた。「じゃあ、教えてくれないかな、エマ。君はロンドンで行きずりの情事をするために、どれくらい頻繁に自分の息子を他人にあずける？」

辛辣（しんらつ）で痛烈な言いがかりだ。あまりの理不尽さにエマの体が怒りで震えた。首を横に振って、じっと彼を見つめる。唇の震えを抑えることができない。「ひどい言いぐさだわ」

「つまり、きょう僕に見せたような振る舞いは、よその男たちとはしない、という意味か？」

「そんなことは、わかっているでしょう！」

確かに。心の奥底では、ヴィンチェンツォもそれが真実であるとわかっていた。きょうエマがむさぼるように応（こた）えたことからもわかるし、セクシーでありながらいつも彼女が漂わせている触れがたい雰囲気を考えてもわかる。この不思議な特質こそ、最初に彼女に惹（ひ）かれ、その後何度も誘惑に負けてしまった理由ではなかったのか？

だが、ヴィンチェンツォはシチリアの男だ。シチリアの男は性的な事柄について、女性はこうあるべきだという複雑な意見を持っている。今夜、ヴィノリー・ホテルのスイートルームで、エマは愛人のように奔放に振る舞った。若い母親らしいところなどまったくなかった。しかも、家族でもない他人に赤ん坊をあずけてきたのだ！　ヴィンチェンツォもエマとの情事を楽しんだとはいえ、心の底では彼女を軽蔑していた。

ヴィンチェンツォは顔をそむけて、外の闇の中にイギリスの田園風景が走り去るのを見つめた。車は速度を落とし、予想外に壮麗な門を通り過ぎて、並木にはさまれた広々とした私道を進んでいく。はるか向こうの高台に豪邸が姿を現した。その窓からこぼれた光が、屋敷全体を金色に浮かび上がらせている。

「ここに住んでいるのか?」ヴィンチェンツォは返事を要求した。

一瞬エマは、〝そうよ〟と答えたい衝動に駆られた。気まぐれに貧乏を装ってみたのよ、と言えたらどんなにいいだろう。

「違うわ」エマはそっけなく答えた。「敷地内にあるコテージを借りているの。向こうの方角よ。運転手さんに、右に曲がって、湖を過ぎるまでまっすぐ進むよう伝えてくださる?」

ヴィンチェンツォはインターホンのボタンを押して、運転手に早口のイタリア語で指示を伝えた。エマの住まいである〈マーチ・コテージ〉の前に来ると、車はなめらかに停止した。ヴィンチェンツォの目が驚きで細くなる。ここも、想像していたところとはかけ離れていたからだろう。

コテージはひどく小さい。絵葉書に描かれるようなこぢんまりとしたかわいらしい家で、壁は石を重ねて造られている。玄関のドアのまわりにはつたがからまり、上には古風なランタンが下がっている。

車から降りたときに一陣の冷たい風が吹き抜けたが、ヴィンチェンツォに向き直ったとき、エマのてのひらは汗で湿っていた。彼は人を寄せつけない表情で、コテージの玄関ドアをじっと眺めている。

「私が最初に入って、あなたが来たことを――」

「いや」エマのほっそりした手首を握って、ヴィンチェンツォは彼女を黙らせた。彼女の瞳は大きく見開かれ、不安の色がにじんでいる。彼の声がなめらかだが脅すような調子に変わった。「誰にも僕が来たなどと告げる必要はない、僕のいとしい人（カーラ・ミーア）。さあ、一緒に入ろう」

エマは逃げ場を失ったように感じた。彼の策略にはまってしまったみたいな気がする。でも、どうして逃げ場を失ったなんて思わなければいけないのだろう？　この家は私の縄張りだ。ヴィンチェンツォがここにいるのは、赤ちゃんが自分の子ではないと納得するためだけ。〝ええ、いいわ。これからあなたは、人生最大のショックを受けることになるのよ、シニョール・カルディーニ〟エマは憤慨して心の中で叫んだ。

「ただいま」ドアを開けながら声をかけると、居間からもれる光が目に入った。

ジョアンナは毛布に身を包んでソファに寝そべり、テレビを観（み）ていた。足元の床には、バナナの皮とコーヒーカップが置いてある。

「この家はまるで冷凍庫よ」エマを見たジョアンナは不平を言ったが、その後ろにたくましい褐色の肌の男性がいるのを認めて、信じられないという表情を浮かべたまま凍りついた。

次の瞬間、毛布をはぎ取り、さっと姿勢を正す。「まあ！　あなたはきっと――」

「こちら、ヴィンチェンツォ・カルディーニよ」エマはそれ以上なんの説明もせず、目でジョアンナに〝あとで説明するわね〟というメッセージを送りながらきいた。「ジーノはどうだった？」

ジョアンナはエマのメッセージを正しく受け取ったらしい。だが、不機嫌な表情でこの小さな空間を占領している背の高い男性に好奇のまなざしを向けている。「ええ、まったく問題なかったわ。なかなか寝つかなかったけど、ママがいなかったからでしょうね。でも、食事はたっぷりとったし、そのあとお風呂にも入ったわ。だけどね、エマ。アンドリューに頼んで、バスルームにヒーターを入れてもらったほうがいいわよ」

「アンドリュー？」ヴィンチェンツォが険しい声で尋ねた。「アンドリューとは誰だ？」

「アンドリューは家主よ」エマは急いで説明した。

黒い瞳が射抜くように彼女を見返す。「ああ、そうなのか？」

アンドリューが誰だろうと、あなたには関係ないでしょう、とエマは言いたかった。しかしヴィンチェンツォがそんなことを言ったのは、自分にも責任があると気づいた。体の関係を許してしまったうえ、赤ちゃんの父親だとまで伝えたのだから。ヴィンチェンツォがいままでどれだけ嫉妬(しっと)深く、所有欲旺盛(おうせい)だったかを考えると、彼が今にも爆発しそうな火山のように見えるのも不思議ではない。

　ジョアンナが立ち上がった。「私はもう家に帰らなくちゃ」

　エマはうなずいて、友人に感謝の笑みを向けた。「ありがとう、ジョアンナ。本当に感謝してるわ。また明日ね」

　ジョアンナがコートとバッグを手に取り、バナナの皮を拾おうとする間、居心地の悪い沈黙が広がった。

「あ、そのままにしておいて」エマはあわてて声をかけた。

「じゃあ、行くわね。ドアまで送らなくていいわよ」ジョアンナは部屋をあとにした。

　エマはジョアンナが出ていく音もほとんど耳に入らず、その場に釘(くぎ)づけにされたように立ちつくしていた。次に何をしたらいいのかもわからない。一方、ヴィンチェンツォのほうはなんのとまどいもない様子だ。

「赤ん坊はどこにいる?」ヴィンチェンツォが答えを要求した。

「あ、あそこよ」エマは震える手で、わずかに開いている寝室のドアを指さした。「起こさないようにね」

　ヴィンチェンツォの口元が、あざけるようにゆがむ。「起こそうなんて、もとから思っていない。疑いを晴らすだけなのだから、ひと目で充分だ。すぐに帰る。とにかく、子供を見せてくれ」

それはまさに異様な状況だった。ジーノが眠っている寝室に足音をたてずに向かいながら、エマの心臓は恐怖と愛情で凍りつきそうだった。ヴィンチェンツォがどのようにジーノを見るか想像してみる。常夜灯の淡い光の中で初めて彼が我が子を見る瞬間を。

二人は寝室に入った。この先何が待ち受けているかわからないとはいえ、エマは息子を見つめながら、母親のプライドで胸がいっぱいになった。

ジーノは握りしめた小さな両手を頭の上に投げ出して、仰向けに寝ている。まるで、けんかがしたくてうずうずしているとでもいうように。いつもどおり掛け布団をはいでしまっている姿を見て、エマは本能的に布団を体の上にかけ直そうとした。

「いや」ヴィンチェンツォが止めた。「そのままにしてくれ」

「でも……」

「そのままにしろ、と言ったんだ」

エマは息を止めて、ヴィンチェンツォがベビーベッドのわきにまわり、動物のモビールにぶつかりそうになりながら背をかがめる姿を眺めた。

しばらくの間、ヴィンチェンツォは黒檀(こくたん)でつくられた冷たい彫像のように、無言のままじっと動かなかった。

エマの爪がてのひらに食いこむ。不安でぎこちない雰囲気をなんとかしたいと思ったが、なぜかできなかった。これは彼の権利なんだわ、とエマは思った。好きなだけ時間をかけたらいい。

高鳴る胸を意識しながら、ヴィンチェンツォは我が目に映った姿を記憶に刻みこんだ。豊かな黒い巻き毛と、やや不機嫌そうな唇の曲がり具合は、毎朝ひげを剃るときに鏡から見返してくる自分の姿にうりふたつだ。弱い光に照らされているとはいえ、なめらかな小麦色の肌のつやや、これからたくましい長身に成長しそうな気配は、見まがいようもなくカルディーニ家のものだった。

ヴィンチェンツォは長いため息をもらした。その鋭い音が室内の沈黙を引き裂いた。いきなり背を向け、彼はそのまま部屋を出ていった。

エマは掛け布団を直し、忙しく手を動かして絹のようなジーノの巻き毛を梳かした。まるで目を覚ましてほしいとでもいうように。しかし、ジーノは熟睡していた。きっときょう一日遊んで、疲れ果てたのだろう。エマとしては、ヴィンチェンツォの怒りを避けるだけのために、これ以上寝室に隠れているわけにはいかなかった。

私は何も悪いことなどしていないのよ。彼女は自分を鼓舞した。

エマが居間に戻ると、ヴィンチェンツォは死刑執行人のような雰囲気を漂わせて待ち構えていた。その黒い目は冷たい怒りに満ちている。

ヴィンチェンツォの唇が、苦い危険な毒を吐き出すかのように曲がった。「娼婦め！」

今の状況では、さげすみの言葉としてあまりにも的はずれだったが、女性が何か過ちを起こしたときに男性が口にする言葉であることを、エマは知っていた。

「私は娼婦なんかじゃないわ」エマは静かに抗議した。「あなたにもわかっているはずよ。安っぽいけなし文句を使ったものね」

ヴィンチェンツォの返事も静かだった。「君に理解できる唯一の言葉だったから使ったのかもしれない」

二人が交わした視線には、この日初めて露骨な思いがこめられていた。ヴィンチェンツォが自分をいかに傷つけたがっているかを知って、エマは泣きたくなった。きょうのことは解決策になるはずだったのに、その過程で醜い問題が噴出してしまい、いったいどうしたらなんらかの妥協策に到達できるのか、見当もつかなかった。

ヴィンチェンツォはエマの蒼白な顔から視線を移して、あたりを見まわした。こんな家にいることがとても信じられないといった顔つきだ。白いフリルつきの色あせたソファからは詰め物がところどころはみ出しているし、壁のペンキははげ、額がかけてあったあとが白く残ったままだ。この家には、長く住むところではない、仮の住まいという雰囲気がある。

「君は……僕の息子をこんなところで育てようと思っているのか」彼は怒った声を出した。

「息子に困窮生活を強いるつもりか」

ああ、ヴィンチェンツォは自分が父親であることを否定しないんだわ！　エマの心に安堵感が押し寄せたが、それはすぐ恐怖心に変わった。そして好奇心にも。

「じゃあ、あの子があなたの子だということを認めるのね？」

実のところ、ヴィンチェンツォは子供部屋にただ足を運んで赤ん坊を見るだけのつもりだった。よその子に感じる以上のものは感じないはずだった。もしかしたら、少し嫉妬心もいだいたかもしれない。結婚した相手が、ほかの男と親密な関係を持った証拠を見せつけられたと思って。

ところがそんな状況にはならず、むしろ、思いもよらない展開になってしまった。ヴィンチェンツォにはひと目でわかったのだ。直感したと言ってもいい。この小さな男の子をすぐに見分けられるようプログラムされていたみたいに。彼は自分が赤ん坊だったころの写真を見たことがあった。その写真とこの赤ん坊の類似点は疑いようもない。でも、それだけではない。この眠る赤ん坊を見たとき、何か経験したことのない思いに襲われたのだ。なんらかの原始的な感覚。まるで、見えない糸が過去からのびてきて、自分の血脈が将来に向かってのびるような感覚だった。

「名前はなんという？」ヴィンチェンツォは自分の息子の名前すら知らないことに気づいて、エマを詰問した。

「ジーノ」彼は繰り返した。「ジーノ」

ヴィンチェンツォは、エマとはかなり異なる発音でその名前を口にした。おそらく、そちらのほうが正しい発音なのだろう。だが彼の表情は、その口調にあったわずかな驚きに相反するものだった。エマを見つめる表情には、何か近寄りがたい、見慣れない雰囲気がある。氷のように冷たく、批判的な雰囲気が。それを見たエマは、しっかりしなければと決意を新たにした。今となっては大昔のように思える今朝、そう決心したのではなかったかしら？　彼におびえてはならない、と。

「これからどうするつもり？」エマは尋ねた。

ヴィンチェンツォの目つきが険しくなる。エマは今でもコートを着ている。彼も同様だ。こんな氷点下のような室温でコートを脱ぐのは、愚か者だけだろう。あの子は寒がっていないだろうか？　ジーノ。心の中で我が子の名前を口にしたとき、なじみのない感情が彼の胸に広がった。

ヴィンチェンツォは唐突に足を踏み出し、片手でエマの体を引き寄せた。壊れやすそうなその体の感触に、官能が暴走しそうになる。自由なほうの手は、やわらかいウールの生地の下にあるエマの腰の丸みを探った。鼓動が速くなり、欲望がきわまって、熱い高まりを彼女の体に押しつける。「どれほど君が欲しいかわかるかい？」

「ヴィンチェンツォ！」

　断固とした暗い光を瞳に宿し、ヴィンチェンツォはエマの唇を奪った。そのキスは懲罰的で、怒りのこもったものだった。もし通常のキスが愛情表現だとしたら、これはその正反対に位置するものだ。にもかかわらず、エマは応えてしまった。どんなに理性がわめこうとも、彼女には体の反応を食いとめることができなかった。

　ヴィンチェンツォがついにジーノを目にして自分の子であると認めたという事実は、三人の間に固い結びつきを確立したことを意味するのではないかしら？　ジーノの誕生により、太古から脈々と続く輝かしい三位一体の関係が築かれたのでは？　ああ、なんて私は愚かなのかしら。エマは心の中で思わずにいられなかった。おとぎばなしをでっち上げるなんて。罪悪感をおぼえないですむようにするために。今していることを続けるために。

「ヴィンチェンツォ」

　エマは彼の男性的な体の熱気とその性急な欲望を感じながら、彼のキスの下で、うめき声をもらした。彼の手はコートのボタンにかかっている。エマはその手を止めず、腰の丸みをまさぐるにまかせた。今やヴィンチェンツォはワンピースを引き上げ、情熱の証（あかし）を彼女の腿の付け根に押しつけている。エマは身をよじった。彼の肩に両手をまわして、コートを引きはがしたい思いにとらわれる。彼の服が魔法みたいに瞬時に消えたらいいのに。

「ヴィンチェンツォ」エマはまたつぶやいた。今度は熱い思いをこめて。

ヴィンチェンツォはエマの唇を味わいつつ、自分の胸の高鳴りを感じていた。体が熱くこわばり、彼女のやわらかい深みの奥深くに今すぐ押し入らなければ、死んでしまいそうにさえ思える。つかの間、彼はエマに応えた。原始的なしぐさで挑発するように腰を動かす。エマも抗しがたい磁石さながらの力に引き寄せられて彼の動きに応じた。ヴィンチェンツォはエマの望みどおりショーツを引き裂き、彼女を押し倒して叫び声をあげるまで奪いたかった。

だがそのとき、エマを引き寄せたのと同じくらい唐突に、ヴィンチェンツォは両手を離した。彼女がよろめいてソファにつかまったときも、助けようとはしなかった。

「僕はいったい何を考えていたんだ？」ヴィンチェンツォは自問するように言った。声には自己嫌悪がこもっている。エマが息子を隠していたという事実にもかかわらず、もう一度彼女の誘惑に身をまかせようとしたのか？　運転手を帰らせ、エマを寝室に連れていって、翌朝、息子の声で目を覚ましたいと思ったのか？

もし今夜、エマの甘い誘惑に屈服してしまったら、取り引き上の立場は危うくなってしまう。今帰れば、彼女は欲望にもだえ、不安にさいなまれることだろう。意外性こそ取り引きを有利に導くうえで最高の手段であることを、ヴィンチェンツォはよく知っていた。

「ああ、エマ」彼は熱く緊迫感のにじむ声で言った。「君については、今まであまりにもたびたび体の声の言うなりになってしまった。君は魔力を使って僕を何度も誘惑し、僕は君を求めるあまり、まともなことを考えられなくなってしまった。だが、今度はそうはいかない。今度のことはあまりにも重要だ。僕は頭を使って考えなければならない。ほかの部分ではなく……」

ヴィンチェンツォの視線が下半身に向かうとともに、唇がゆがんだ。そんな彼を見てエマの頬が赤くなる。さっきまで僕の腕の中で発情期ののら猫よろしくうごめいていたのに、なぜ彼女は清純な乙女のように顔を赤らめたりするのだろう？　ヴィンチェンツォは表情を硬くして、エマから、そして彼女のもたらす誘惑から身を引き離した。

「明日の朝、九時にまた来る」

彼の声にひそむ何かが、エマに警戒感をいだかせた。深刻な不安をおぼえる。「また来るって、いったいなんのために？」声を荒らげないよう努めながら、エマはきいた。

ヴィンチェンツォは乱れた黒髪に手を入れて梳いた。エマは今、僕が何を考えているのか知りたくてたまらないに違いない。「そのときのお楽しみだ」彼は静かな声で言い放った。

8

なぜヴィンチェンツォに誘惑されるまま、誤解を招くようなことをしてしまったのかと思い悩みながら、エマは眠れない夜をすごした。シチリア人男性特有の、女性に対する理不尽な考え方は知りつくしていたはずなのに。彼はきっと、私がみだらに振る舞ったと思っていることだろう。それは、あの冷たい目つきを見れば明らかだ。ヴィンチェンツォはまるで何かけがらわしいものを持っていたとでもいうように、私から手を離した。

ヴィンチェンツォは私に軽蔑しか感じていなかったに違いない。そんな彼の気持ちを助長するような振る舞いを続ければ、こちらの立場がいっそう弱くなるのは確かだった。どのような男性を相手にしているのかを忘れるべきではなかったのだ。ヴィンチェンツォはシチリアで最も裕福で権力をほしいままにしている一族の代表なのだから。先ほどエマは彼の黒い瞳に好戦的な炎が燃え上がるのを目の当たりにした。ヴィンチェンツォが喉から手が出るほど欲しがっているもの、つまり息子という継承者が私のもとにいるとしたら、全力で親権を奪おうとするのではないだろうか、とエマは思った。

淡い朝の光がカーテンからもれ出す。エマは震える体に掛け布団を引き寄せて、こんな状況を予測していなかった自分はなんと世間知らずだったのかと悔やんだ。きのうの朝ヴィンチェンツォに会いに行ったとき、礼儀正しい振る舞いを期待していたのだろうか？　今まで一度も礼儀正しい振る舞いなど示したことのない男性だというのに。彼の世界には、白か黒かしかない。女性は、ふしだらな女かバージンかのどちらかでしかなかった。愛人か妻のどちらか。そんな考え方を変えることは絶対にできないだろう。

だとしたら、ヴィンチェンツォは次にどんな手段に出るの？

ベッドから降りながら、エマは重い心で、疎遠になっていた夫の思考経路をたどろうと試みた。彼は私が母親としてふさわしくないと証明しようとするのだろうか？　彼に助けを求めに行ったそもそもの理由を、私にとって不利な証拠に使うだろうか？

古びたジーンズをはき、持っている中でいちばん厚手のセーターを着こんで、エマは顔と手を洗い、ジーノが起きる前にコーヒーを飲もうとキッチンに行った。

ジーノはいつもより長く寝ていた。エマにとって、これは皮肉と言えば皮肉だった。朝寝坊したいという思いを振り切って家の中を歩きまわっているというのに、神経は張りつめている。目を覚ましたジーノの温かい体を抱きしめるまで、落ち着くことができそうにないのだから。

ようやくジーノが目を覚まし、エマは離乳食用にバナナをつぶしはじめた。玄関ドアの呼び鈴が鳴り、エマは髪も梳かしていなかったことに気づいた。でもヴィンチェンツォだって、〝あんなこと〟をするために私がそこまで気を遣うとは思わないでしょう。エマは顔をしかめた。〝あんなこと〟って、何かしら？　彼はなんと表現したかしら？　そう、私は〝魔力を使って誘惑する〟と言ったわ。これこそヴィンチェンツォだ。軽蔑するときでさえ、あとで思い出すととろけそうになる表現を使う。

もう考えるのはやめなさい。エマは自分をしかりながら、ドアを開けた。とたんに彼女の表情がゆるむ。そこには、卵の入ったボウルを抱え、後悔しているような表情でアンドリューが立っていた。

「おはよう、エマ」アンドリューは卵のボウルを差し出し、ぎこちなく言った。「君にと思って持ってきたんだ。農家をやっている友人が持ってきてくれたので、おすそわけしようと思って」

エマはまばたきした。「まあ、そうなの。ありがとう、アンドリュー。うれしいわ。お昼にいただくわね」

アンドリューの耳が赤くなった。「その……ちょっと中に入ってもいいかい？」

エマは腕時計を盗み見た。九時にはまだ間がある。ヴィンチェンツォがこんなに早く来ることはないだろう。それに、たとえ彼が来たとしても、私は別居中の身だもの。私にだって自分の〝人生〟がある。この人生には、ヴィンチェンツォも、彼の古風な見解も含まれてはいない。

「もちろんよ」エマは快活に答えた。「これからジーノに朝食をとらせるところだったの。お湯をわかしてくれる？　お茶にしましょう」

アンドリューはやかんに水を入れてから、エマに向き直った。まるで熱いものの上に立っているかのように、落ち着きなく体重を左右の脚に交互にかけながら。「君が払えないと知っていながら家賃の値上げの話なんかしたんで、気がとがめているんだ。あの話は忘れてくれないか？」

エマは驚いてまばたきした。「忘れる？」

「そう。つまり」アンドリューが肩をすくめる。「君はいい間借り人だ。それに、この家は本当にかなりくたびれている。君は今のままの条件で住みつづけてかまわない。僕はそれでいい」

湯気の立つ紅茶を二つのマグカップにつぎながら、エマのしかめ面が笑顔に変わった。マグカップを彼に渡して、彼女はジーノの口に離乳食を運んだ。もっと早くアンドリューがそう言ってくれていたなら、ヴィンチェンツォのところへ出向いて離婚を頼む必要などなかったのに。

けれど、それは事実ではなかった。いつかはヴィンチェンツォにジーノのことを話さなければならない以上、家賃の件のおかげできっかけがつかめたようなものだ。一生ヴィンチェンツォから逃げつづけるわけにはいかない。ジーノがいつか父親に会うことは避けられないのだから。

それでもアンドリューの言葉は、今の苦しみをやわらげてくれた。あの恐ろしいパニック状態に襲われる気分はもう感じなくてすむ。

「本当にありがたいわ、アンドリュー。ありがとう」

「礼には及ばないさ」彼は紅茶をかきまぜ、好奇心の宿る目でエマを見た。「用地管理人が、ゆうべ大型の車がやってきたと言ってたんだが」

エマの動きが止まり、バナナをのせたスプーンが空中で止まった。ジーノが手をのばして、スプーンを引き寄せる。

「賃貸契約に、大型車はいけないという条項でもあったかしら?」彼女はバナナをジーノの口に入れながら、おどけた調子できいた。

「もちろん、そんなことはない。ただ、君のところにはあまり来客がないから、僕は……」アンドリューがさっとドアの方を見た。

子供用の椅子に座っているジーノが大きな声を出してぐずったので、エマは最初ノックの音に気づかなかった。そのため、ノックはより大きな音をたてて続いた。音に気を取られたエマは、ジーノがつぶしたバナナを彼女の髪に塗りたくっていることに気づかなかった。

「誰か来たみたいだよ」アンドリューは言わずもがなのことを言った。

エマはアンドリューにここから消えてほしかった。裏庭に隠れて、と言おうかしら？ そこまで考えて、エマはまるで自分がヒステリックな女性のように振る舞っているのに気づいた。強くなると決心したんじゃなかったの？ 自分が何か間違ったことをしているみたいに振る舞うのは、やめなさい。心の声が諭した。家主のアンドリューには、ここにいる正当な権利がある。

ドアを開け、ヴィンチェンツォの姿を見いだしたエマは、心臓が飛び出しそうになった。そこにいたのは普段着のヴィンチェンツォだった。きのうあれほど巧みに彼女を誘惑したオフィスの億万長者とは別人のようだ。濃い色のジーンズとジャケットを身につけた彼は、外見上はリラックスしているように見えるが、実際にはより危険な男性になっていた。ちょうど、日だまりで寝そべっている蛇が起こされて頭をもたげ、冷酷な視線で相手を射抜こうとしているかのように。

「おはよう（グッド・モーニング）」エマは挨拶（あいさつ）したものの、この言葉は本当ではないと思わずにはいられなかった。とても〝よい朝（グッド・モーニング）〟などと言える状態でないのは明らかだ。

ヴィンチェンツォは挨拶を返さず、エマの背後を見つめていた。赤ん坊が子供用の椅子に座り、その周囲に食べ物が散乱している。戸口の物音に引きつけられたジーノは、大きな褐色の瞳でじっとヴィンチェンツォを見つめている。

同じくらい強い関心をこめて息子を見つめ返したヴィンチェンツォの胸に、痛みとも感じられるような熱い思いが広がった。けれど彼はしたいと思っていたこと、つまり、息子のところに行って椅子から抱き上げるということを実行に移せなかった。ほかの男がいたからだ。そう、男がエマのキッチンに座り、お茶を飲んでいる。それどころか、ヴィンチェンツォの使用人ならすぐにするように、立ち上がろうともしない。

「おまえは誰だ？」ヴィンチェンツォが冷たく問いただした。

「今、なんと？」アンドリューがきき返す。

「聞こえただろう。おまえは誰なんだ。なぜ僕の妻のキッチンにいる？」

「君の妻だって？」アンドリューはすぐさま立ち上がって、エマに向き直った。彼の表情には、困惑と非難が入りまじっている。「でも君は、夫とは縁が切れたと言っていたよね？」

「君はそう言ったのか？」部屋の端から、暗くなめらかな声がする。

これは悪夢だわ、とエマは思った。「あなたは帰ったほうがいいわ、アンドリュー」

アンドリューは眉をひそめた。「君は大丈夫なのか？」

彼がそうきいたのは優しい心遣いからだとわかるものの、エマは今にも叫び出しそうだった。この状況から私を救い出すのに、アンドリューはどんな手が打てるというのだろう。怒りで煮えたぎっているシチリア人の男性を、どうやって家から追い出すつもりかしら？

てこでも動くまいと、邪悪さの権化さながら立ちはだかっているのに。エマは無理やり笑顔をつくった。

「私は大丈夫よ」

　ぎこちない沈黙が広がる中、アンドリューは玄関から出ていった。ドアが閉まったとたん、ヴィンチェンツォが険しい顔をしてエマに向き直る。

「あいつをベッドに引きずりこんでいたのか？」子供がいることを気にして、低い声で問いつめる。

　エマの顔に怒りの赤みが差した。「どう思う？」

「あいつは君の貪欲な性的欲求に応えられるような男には見えないね、いとしい人。もっとも、だからこそ君はあれほど僕を欲しがったのかもしれないが」彼の黒い瞳がエマの瞳に挑みかかる。「だが、君はまだ僕の質問に答えていない」

「もちろん、彼とベッドをともになどしていないわ」エマは小声で答えた。心が傷つけられ、怒りをかきたてられて体が震えている。しかし、ヴィンチェンツォはもう彼女の方を見ていなかった。彼女の答えなどどうでもよくて、この問いは彼女をはずかしめて侮蔑するためのものだったのかとさえ思える。その点では、彼は目的を達していた。大成功をおさめたと言ってもよかった。

　ヴィンチェンツォは子供用の椅子に向かって歩いていく。その椅子には、まるで催眠術にかかったように彼を見つめるジーノが座っている。

　ヴィンチェンツォはその子を永遠とも思えるほど長い間、じっと見つめた。心臓が重い鼓動を刻む。「僕の息子(ミオ・フィリオ)」彼はついに痛みと喜びの入りまじった声でつぶやき、次に英語で言い直した。「息子よ(マイ・サン)」

　ヴィンチェンツォの声に所有欲を聞き取ったエマは、身の縮む思いがした。とはいえ、ジーノがヴィンチェンツォをいやがらなかったことは驚きだった。普段なら、見知らぬ人に対してはぐずったりするのに。

　でも、ヴィンチェンツォは見知らぬ人じゃないでしょう？　ジーノには彼の濃い血が流れているのよ。ジーノにはそれがわかったのかもしれない。エマの心の声がささやいた。

「おいで(ヴィエニ)」ヴィンチェンツォはジーノに手を差しのべて、優しくささやいた。「おいで(カム)」

　エマが驚いたことに、ジーノはまばたきをして、何度か恥ずかしそうなそぶりを見せた。椅子の背にもたれ、顔を左右に振って横目でヴィンチェンツォを見る。ヴィンチェンツォは無理強いするようなまねはせず、シチリアのアクセントが強く残る英語で静かにささやきつづけた。やがてジーノは体をよじったあと、ヴィンチェンツォが椅子から抱き上げるままにさせた。

　初めて会った人に抱き上げられて、ジーノがおとなしくしているなんて！　エマの世界がぐらついた。気分が悪くなり、めまいがして、そして……そう、嫉妬(しっと)すら感じた。ヴィンチェンツォがこれほど容易に欲しい相手を手に入れるという事実に。

「この子を……この子をきれいにしなくちゃ」目の前の出来事がとても信じられない。エマは突然こみあげてきた涙を押しとどめるために激しくまばたきしながら、震える声で言った。

ヴィンチェンツォは動きを止めて、エマを見やった。彼女の髪はもつれ、蒼白(そうはく)な顔に頬だけが異様に赤い。ジーンズの色はあせ、足は素足だ。上には魅力的なふくらみを巧みに隠す分厚いセーターを着ている。

こんな無造作な格好で自分の前に姿を見せる女性を、ヴィンチェンツォはほかに知らなかった。エマを客観的な目で見たとき、彼女が自分の妻だとはとても信じられない思いがした。だがあの大きな青い瞳には、今でも腿の付け根を熱くさせ、身をもだえさせる力がある。

「それを言うなら、君も同じだ」彼は歯を食いしばって言い放った。

泣き出してしまいそうだったので、エマはバスルームに急ぎ、ドアに鍵(かぎ)をかけた。彼女はシャワーを流して、むせび泣く声を消した。混乱した思いが渦巻く中で、シャワーの湯が涙とまじって流れ落ちる。私はヴィンチェンツォの関与を自ら招いてしまった。私の人生にだけでなく、ジーノの人生にまで。今や彼は、力と所有欲という暗い波となって押し寄せてきていた。

ありがたいことに、旧式のタンクには充分な湯がたまっていた。髪にこびりついたバナナを洗い流しながら、エマは自分が時間と競争してシャワーを浴びているわけではないのに気づいた。いつもはジーノが眠っているときしかシャワーを浴びることができず、お湯はいつでもぬるかった。

狼狽のあまり着替えを持ってきていなかったエマはバスタオルで体を包み、小さなタオルを頭に巻いて、おそるおそる寝室に向かった。居間を通り抜けながら、ヴィンチェンツォをこっそり見る。彼はエマが居間に入ってきたことさえ気づかなかった。ヴィンチェンツォの注意は、それよりずっと大事なことで占められていたからだ。

ヴィンチェンツォはいまだにジーノを抱えて狭い室内を歩きまわり、そこここに置いてあるものを眺めていた。エマの母親の写真や母の形見の小さな置時計などを。そしてその間じゅう、彼はジーノにシチリア語でささやき、そのあとすぐに英語で言い直していた。ジーノはじっと聞き入り、大いに興味をいだいている様子だ。ときどき小さなふっくらした指で、ざらざらした父親の顎をさわっている。

ジーノにシチリア語を教えているんだわ。エマの心を恐怖が襲った。しかしタオルに包まれて立っている状態では、文句を言える立場だったとしても言えない。

シルクのようなジーノの巻き毛の上から、黒い瞳がエマの瞳を見つめた。彼女と目が合った瞬間、ヴィンチェンツォは怒りと欲望がせめぎ合うのを感じた。けれど、腕の中には子供がいる。怒りなどあらわにしたら、この子は混乱しておびえるだろう。ヴィンチェンツォは静かな声でエマに尋ねるしかなかった。

「シャワーはどうだった？」

「よかったわ、ありがとう」

ヴィンチェンツォはエマの瞳をとらえながら、欲望が体に広がるのを意識した。「そうだろうね」彼は静かに言い、安手の薄いバスタオルの下にくっきりと表れているエマの胸のふくらみに視線を這わせた。

エマは寒さとは違う原因で体が震え出した。ヴィンチェンツォが送っているメッセージと、それに応えてしまう自分を呪いつつ、彼に背を向ける。まるで彼は、あらゆる面でエマを骨抜きにしようとたくらんでいるみたいだ。最初はジーノをひとり占めし、次には、あんな欲望に満ちた目で私を見るなんて。彼女は完全に混乱してしまっていた。きのうまでのエマはどこかに消え、見知らぬ女性が入れ替わったかのように。

寝室に入り、エマは急いで服を着た。洗いたてのジーンズをはき、先ほどとは違うセーターを着る。いつもの実用本位の、でも見られて恥ずかしくない服装だ。どうひいき目に見ても美しい装いからはほど遠いが、それがかえってうれしかった。着飾るようなことをして、ヴィンチェンツォの歓心を買うまねはしたくなかったから。それに、また彼を誘惑したなどと非難されたくはなかった。

　髪にブラシを当て、ドライヤーですばやく整えてから、深呼吸してエマは居間に向かった。そこでは、ヴィンチェンツォがジーノを抱いたまま背を向けて、庭を見ている。枝葉を広げた栃の木を眺めているのだ。エマが幾度となくそうしたように。

最初にエマに気づいたのはジーノだった。父親の腕の中で身をよじってこちらを見ると、小さな声をあげて手をのばす。エマは我が子を腕に抱き取り、なじみのない感情におぼれそうになるのを隠すため、やわらかな巻き毛に顔をうずめた。

　赤ん坊の温かい重さが腕から消え、ヴィンチェンツォは窓辺に近づいた。心臓が大きく力強く鼓動し、思ったより動揺している。彼は振り返って、子供を大げさにあやしているエマを見やり、唇を引き結んだ。

　エマは目を上げて、ヴィンチェンツォの表情から思いを読み取ろうとしたが、感情をあらわにしない黒い瞳に出会って、あきらめざるを得なかった。でも、驚くにはあたらない。あの最初の数カ月、愛情を装った性的魅力に突き動かされていたあの数カ月以外、エマは一度として彼の心をよぎる感情を読み取ることはできなかったのだから。彼が思いのたけを伝えたことは一度もなかった。〝僕は打ち明け話などしない〟と言われたことさえあった。感情について話すのは、男の弱みをさらすことだと言わんばかりに。

「コーヒーはあるかな？」彼が突然尋ねた。

　エマは思いがけない質問に当惑した。「あなたがいつも飲んでいるようなものじゃないでしょうけれど、冷蔵庫にあるわ。プレス式のコーヒーメーカーは戸棚に入ってるはずよ」

「ということは、君は、インスタントコーヒーを飲むイギリス人の悪癖に染まってはいないんだね」

ヴィンチェンツォはキッチンに入り慣れない者の雰囲気を漂わせながら、コーヒーをいれはじめた。

エマは彼を観察した。ヴィンチェンツォは生まれてからずっと、いつでも彼の世話をする女性に囲まれてきた。正直に言って、彼にコーヒーをいれるよう要求されなかったのは驚きだった。とはいえ、いくらヴィンチェンツォでも、今そんな要求はしないだろう。でも、なんて自然にコーヒーをいれる役目を引き受けたのかしら、とエマは心ならずも思った。今の彼は、キッチンで火を使うことを許された子供のころ以来、ずっと朝のコーヒーをいれているかに見える。

それならなぜ、結婚生活も自然に受け入れられなかったのかしら？　あんなふうに古風で横暴な夫になったりせずに。ヴィンチェンツォはエマに結婚指輪をはめたとたん、数十年間、歴史をさかのぼってしまったみたいだった。

エマは、妊娠後期のつらい数カ月間につくり上げたパッチワークのマットの上にジーノを下ろし、大きな段ボールの箱をそばに置いて、遊べるようにした。箱には包装紙を貼り、きれいに洗ったさまざまな形の容器が入れてある。豆や米粒を入れて、いろいろな音が出るようにしたものもある。

ヴィンチェンツォは二個のカップにコーヒーをつぐ手を止めて、二人を見た。唇に冷笑が浮かんでいる。「なぜ、この子はごみで遊んでいるんだ？」

「ごみじゃないわ。手製のおもちゃよ」エマは反論した。「ジーノはこれをつくるところを見ていたの。だから、教育的でもあるわ。木のへらでドラムみたいにたたいて遊ぶこともあるのよ。子供たちは単純なおもちゃのほうを喜ぶことがあるわ。高額なおもちゃよりも」

「いずれにせよ、君にとっては高額なおもちゃなど手が届かないのだろう？」ヴィンチェンツォが挑んだ。

エマが肩をすくめる。「ええ、まあ」

ヴィンチェンツォは嫌悪をあらわにしながら周囲を見まわし、食卓のまわりに置かれた硬い椅子に腰を下ろした。「この家を見る限り、君にとって手が届くものなど、ほとんどないようだね。それこそが、君が僕のところに戻ってきた理由というわけだろう」

彼は誤解している。けれどエマは彼の間違いを正す気にはなれなかった。私はヴィンチェンツォのところに〝戻った〟わけではない。彼を訪ねたのは不幸な結婚生活に法的な終止符を打つためで、戻りたい気持ちがあったからではないのだ。「ジーノのために最良のことをしたかったの」エマは低い声で言った。

「本当にそうなのか、エマ？」ヴィンチェンツォはやわらかな声音で尋ねた。「実のところ、僕からしぼり取れる限りの財産が欲しかったんじゃないのか？　同時に、体にとっても欲しいものがあったのでは？」

エマの頬にさっと赤みが差した。「下品なことは言わないで！」エマは大声を出さなかった。ジーノが父親のほのめかしを理解して、母親のモラルの欠如をとがめるのを恐れている、とでもいうように。そのとき、エマの良心がささやいた。〝でも、そうじゃなかったの？　きのうヴィノリー・ホテルのスイートルームであなたが疎遠になっていた夫としたことは、正しい振る舞いだったの？〟

ヴィンチェンツォは肩をすくめ、エマの言葉が聞こえなかったかのように続けた。彼の口調は穏やかだった。おそらく、ジーノを怖がらせないためだろう。けれどそれは、言葉に含まれている毒を弱めることにはならなかった。「もしこの子にとって最良のことを望んでいたのなら、もっとずっと早く連絡してきたはずだ」

「私は連絡しようとしたのよ。電話をかけたのに、あなたは出ようとしなかったわ。二回も電話したのに！」

「充分な回数だったとは思えないな。君は思わせぶりな態度はとったけれども、やり遂げる意思はなかった。だが、君には好都合だったんじゃないのか、エマ？　今までのところ、すべて君の都合に沿って物事が進んでいるようだからね、いとしい人。君の欲望も含めて」

エマは彼の声にひそむ辛辣さにショックを受け、黙って相手を見つめるしかなかった。

「君は金をしぼり取り、欲望を満たすため、僕のところに来たんだ。今までのところ、一点先取といったところだな」

「欲望を満たすためにあなたのところに行ったわけじゃないわ！」

「違うのか？　一糸まとわぬ姿になって僕とソファに寝そべるよう、誰かに強制されたとでも？　君のたくらみのどこにも、息子のためを考えた形跡はないと思うが」

「そんなことはないわ！」エマの感情が爆発した。

「嘘をつくな。妊娠したとわかったとき、僕に伝えるべきだとは思わなかったのか？」

「それは――」

「子供を産むとき、僕がそれを知りたがると思わなかったのか？」彼の言葉が、エマのしどろもどろの説明を冷たくさえぎる。「ジーノが生まれて、父親として僕には、誰も奪うことのできない権利ができたとは思わなかったのか？」

「もうその件は話したじゃないの。たとえあなたが礼儀正しく電話に出たとしても、きっと私を信じてはくれなかったでしょう」

「最初は信じなかったかもしれない。だが今と同じように、最終的には子供ができたことがわかっただろう。たとえそれが、最も望ましくない状況下で生じた結果だったとしても」

エマは、ジーノを思ってたじろいだ。「頼むから、そんな言い方はしないで」

「だが、それが真実だ、いとしい人（カーラ）」ヴィンチェンツォの瞳が、エマをあざけった。「いくら君だって、ジーノを身ごもったときの状況が遺憾なものだったことは否定しないだろう？」

遺憾な状況。なんて残酷で、感情のともなわない表現をするのだろう。もしあのローマでの最後の日に、エマの心が張り裂けそうになっていたと言ったら、彼の気は変わるだろうか？　愛に満たされた甘い日々に戻りたいと心から願っていたと言ったら。そして彼の人生から永遠に去ろうとしたとき腕の中に連れ戻され、かつての幸せなときを追体験するような情熱にとらわれたと告げたら。

いや、もしそんなことを今告げても、また嘘をついているととがめられるのが落ちだろう。横暴な彼の顔に浮かぶ怒りを見れば、エマの人となりをすでに決めつけてしまっているのは明らかだ。

コーヒーカップを置きながら、エマは震えを止めることができなかった。この新たに手に入れた知識を使って、ヴィンチェンツォはどんな手段に訴えるつもりなのだろう？

「それで……それで、これからどうするつもり？」エマは弱々しく尋ねた。「あなたはジーノに定期的に会いたいわよね?」

ヴィンチェンツォは信じられないといった笑い声を短くもらした。「どう思う?」

エマは下唇を噛(か)んだ。「わからないわ」答えたものの、ヴィンチェンツォは最大限に権利を主張するに違いない、と彼女は思った。休暇のたびに、ジーノをシチリアに来させるの? 肌の青白いイギリス人の母親を締め出す、あの厳しくて美しい世界へ息子をいざなおうとする? エマは大人らしい成熟した態度をとらなければならないと思った。落ち着いて熟慮する態度をとれば、ヴィンチェンツォも同じように応えるかもしれない。

「どうすればいちばんいいかしら?」エマはまるで見知らぬ人に尋ねるようにていねいにきいた。

どうすればいいか。ヴィンチェンツォはこの十二時間、ずっとそのことを考えていた。解決策はひとつしかない。彼は確信をいだいていた。

「君が僕と一緒にシチリアに戻ればいい」ヴィンチェンツォはその顔と同じくらい暗い声で、抑揚をつけずに言った。

「とても正気とは思えないわ。私がまたシチリアに行く気があると考えているとしたら」

ヴィンチェンツォの唇に冷酷な笑みが浮かんだ。今やエマは彼のおもうつぼだ。「では、来なければいい。だがその場合は、僕がジーノを連れていく」

「ジーノを連れていくですって?」心臓があまりにも大きな音をたてて激しく打ったので、

エマには自分の声が聞こえなくなりそうだった。「私の息子を私から引き離して、国外に連れていけるなどと、本気で思っているの？」

「僕らの息子だ。僕はジーノをシチリアに連れていくつもりだよ、エマ。もし止めようとすれば、君は非常に不利な立場に立つことになる。この件については、すでに弁護士たちが検討しているんだ。ついでに言っておくが、君が僕の息子を隠そうとしたことについては、彼らはみな、かなりの不快感をいだいている」

エマの顔が青ざめたのを見て、ヴィンチェンツォは動じるまいと心を決めた。いまいましい。彼女は有利に働くと思えば、いつだって傷つきやすいふりをする。彼の目が光った。

「今ここで君が妥当な振る舞いをすれば、将来僕は君に対して同情的に振る舞うだろう」

エマが息を止めた。「あなたは私を脅しているの、ヴィンチェンツォ？」

「いや、僕は単に君が従順になるよう助言しているだけだ」

「あなたは脅している。あなたが私を脅すことはわかっていたわ！　あなたはまったく変わっていない。だから私は――」

エマの言葉はとぎれた。ヴィンチェンツォが腕を取って彼女を立ち上がらせたから。

「過去は過去だ。僕は現在にしか興味がない。僕の息子こそ、現在と将来を体現するものだ。ジーノはシチリアに連れていく。もし君が僕らについてきたければ、僕の妻としての役を果たすんだな」

エマは彼を見つめた。ヴィンチェンツォが掘った穴の中に、どこまでも深く落ちていくような気がする。「あなたの妻としての役割ですって？」

漆黒の瞳が、エマの瞳を射抜く。「なぜ、そうしてはいけない？　道理にかなっていると思うが」エマの青い瞳に困惑の色が浮かんでいるのを見て、ヴィンチェンツォのこめかみがうずいた。「困難な状況の緊張をやわらげてくれる、とでも言っておこうか。せっかく機会があるのだから、楽しもうじゃないか」

エマは体から力が抜けてしまったように感じた。彼の言葉はあまりにも冷たい。楽しみとは体の機能の副産物以外の何ものでもないと言わんばかりだ。「本気で言っているのではないでしょう？」

「いや、本気さ。怒ったふりをするのはやめたほうがいい。僕に対する君の反応から考えるに、君は偽善者になりかける危険を冒している」

「ヴィンチェンツォ……」

「いや、もう議論はやめよう。君は、君のルールで充分長い間僕をあしらってきた。今度は僕のルールにしたがってもらう」彼の口調がきつくなった。「だから、急いで必要なものをまとめてくれ。これからロンドンに行く」

彼のかたくなな表情と感情のこもらない声の調子から、エマはこれ以上言い争っても無駄だと思い知らされた。ヴィンチェンツォ・カルディーニというやり手の男性に、どうしたら抵抗できるだろう？　それでも彼女はなんとか最後の抵抗を試みた。「シチリアに行く準備が整うまで、ジーノと私がここで待つことはできないの？」

「そして、僕から逃げ出そうとする？」指をエマの震える唇に這わせながら、ヴィンチェンツォは冷酷な笑みを浮かべた。「いや、そんなことはさせない。パスポートはあるかい？」

　黙ったまま、エマはうなずいた。

「ジーノは？」

「持っていないわ」

「では、手配しよう。それから、二人とも新しい衣類が必要だ。君たちをシチリアに連れていく以上、僕の息子はカルディーニ一族にふさわしく見えなければ。どこかの貧乏人みたいではなく。そして君には……」

　彼の瞳が光り、エマはぞっとすると同時に興奮もおぼえた。

「僕の気に入るように装ってもらう。妻として当然の義務だ」

9

ヴィノリー・ホテルのスイートルームの広大な応接間を、エマは驚きの目で見まわした。

そこは、衣類で埋めつくされていた。

エマのサイズにぴったりの、よく似合う色調の美しい服ばかりだ。ドレスやスカート。華奢(きゃしゃ)なハイヒール。ブラジャーやショーツ。どれもこれも、シルク、リネン、カシミヤなど、高価な極上素材でできている。

「いったいどうやって集めたの？」シチリアのような田舎のどこでこんなハイヒールをはけというのかといぶかりながら、エマは低い声で尋ねた。

ヴィンチェンツォの黒い目が厳しくなった。「僕が選んだ。というより、シチリアに行く君に必要なものを購入するよう指示を出した。言ったはずだ、エマ。君は貧乏人のような格好で僕の親族の前に姿を現すわけにはいかない」

「でも、私は体重が減ったわ。それも、ずいぶん。今の私のサイズがどうしてわかったの？」

ヴィンチェンツォはゆっくりと笑みを浮かべた。「推測した。いや、見きわめた、と言うべきか。ちょっと前まで、君は僕の腕の中で一糸まとわぬ姿でいた。覚えているだろう？」彼は青いシルクのドレスを何気なくハンガーから取って差し出した。「ほら、これを着たまえ。ディナーに行くには着飾らなければならないからね」

エマはやわらかな布地に指をからませ、彼の言葉にしたがって着飾りたいと思う気持ちと闘った。心の中では、そのドレスがとても気に入っていた。こんなに長い間、安手の服ばかり着ていれば、そう思うのは当然だろう。けれど彼の態度には、意図的なものが感じられた。彼の気前のよさを受け入れるとしても、人生のすべてのことには代償がつきまとうという事実を忘れるわけにはいかない。

だがヴィンチェンツォの言葉に冷たい現実がともなっていたにせよ、エマにそれ以外の選択肢などあっただろうか？　彼が意地悪く言ったように、もしエマが貧乏人のような姿でシチリアに出向いたとすれば、外見が万事ものを言うあの地で、同情が寄せられることはまずないだろう。あわただしく家をあとにした際スーツケースに詰めこんだ服を着ると主張したとしても、シチリアの親族の冷たい目に向き合う気力があるだろうか？

ジーノはすでに億万長者の息子にふさわしい服を着こんでいるというのに。

コテージからホテルに来る途中、ヴィンチェンツォはロンドン最大の百貨店に車を止め、地雷除去部隊のように片端から子供用品を買いあさったのだった。最も高級な服？　もらおう。最も頑丈かつ最も豪華なベビーカー？　買おう。赤ちゃん用のカシミヤ毛布？　それも買いだ。

エマはジーノを待っていた寝室の美しいベビーベッドに目を向けた。ベッドの中で、愛する息子が甘やかされた王子のようにすやすや眠っている姿を見て、罪悪感に胸がきゅっとなった。

ジーノのために召集されたヴィノリー・ホテルのスタッフが立ち去ったあと、ヴィンチェンツォは箱からおもちゃを次々に取り出した。ジーノは歓声をあげて喜んだのだった。それは見たこともないほど高価なおもちゃだった。赤ちゃんというものは木のへらで何かをたたくだけでも喜ぶとヴィンチェンツォに言ったエマも、それが常に真実ではないと認めざるを得なかった。

お風呂の時間も豪華版だった。ジーノのうらぶれた黄色いあひるは、香りのよい湯の表面を浮き沈みする最新型のボートの前に忘れ去られてしまった。そのあと、疲れ果てて腕の中で寝てしまったジーノをヴィンチェンツォが優しくベビーベッドに寝かせるのを見て、エマの喉にこみあげるものがあった。

自分の子が、母親だったらみな与えたがるような贅沢品に囲まれて喜んでいるのを見るのはうれしい。いつもの安手の下着や薄いタオルではなく、かわいらしく着心地のよいカバーオールに身を包んですやすや眠っているのもうれしかった。

けれどその一方で、当然手にする権利があったこのような贅沢を、息子からこれほど長く取り上げていたことに罪悪感をおぼえる。

エマはやわらかな青いシルクのドレスをぎゅっと握った。このドレスを着なければ、私はベビーシッターだと思われることだろう。「わかったわ。着替えてくるわ」

「ついでに、そのジーンズを捨ててくるといい」ヴィンチェンツォが皮肉っぽく言った。

「そんなものは、もう二度と見たくない」

突き刺さるような彼の言葉を耳にしながら、エマはバスルームに行って、新しい服に着替えた。繊細な新しいランジェリーが肌に触れると、官能的な気分が呼び起こされて、ぎこちない思いをする。

鏡に映った姿は別人のようだった。サイズがぴったり合ったブラジャーをするのは、どれほど久しぶりだろう。それに、レースの縁飾りがついたおそろいのショーツをはくのは。

エマは恥じらいと大胆さを同時に感じた。

ヴィンチェンツォがこきおろしたジーンズがバスルームの床でくしゃくしゃの山になっているのを見て、エマはそのジーンズとみすぼらしいセーターを身につけたいという反抗的な思いにとらわれた。厚手のセーターはヴィンチェンツォの探るような目つきから守ってくれそうで気が楽だった。だが、すでに怒りをたぎらせている男性をこれ以上刺激するのは賢明ではないだろう。

結局エマは、長袖(そで)のドレスを頭からかぶり、長い髪が光り輝くブロンドの翼となって肩にかかるようブラシで梳(と)かした。シルクの布地はなめらかで、腿の上に豊かなひだをつくって垂れかかり、青い色が瞳の色を引き立てている。まさに大富豪の男性の妻としての装いだ、とエマは思った。あの結婚生活最後の空虚な数カ月間、いつもこんなふうに装っていたものだ。そんな彼女をヴィンチェンツォは美しい装飾品のように外で見せびらかす一方で、家庭内では緊張が高まっていたのだった。

少なくとも今は、ヴィンチェンツォに愛されているなどという幻想はいだいていない。おかげで、彼に立ち向かうなんらかの戦略を手にすることができるだろう。もっとありがたいのは、感情を抑えられることだった。ふたたびヴィンチェンツォのカリスマ性に魅入られてしまったら、エマとジーノの行く手に待ち受けているのは、危険と困難でしかないのだから。

要求されている役割を果たしながら、エマはなんとか妥協点を見つけようと思った。それを彼の本拠地でやり遂げなければならない。シチリアで私はいつでも部外者とみなされていたから、ヴィンチェンツォを味方につけなければならない、とエマは重い心で思った。同時に、感情面では彼との間に距離を置くことが必要だった。少なくとも、この高価な衣装が鎧(よろい)の役目を果たしてくれるだろう。彼の贅沢な世界への扉を開いてくれるはずだ。

バスルームから出てきたエマは、ヴィンチェンツォが寝室でベビーベッドの横にたたずみ、ジーノを見つめている姿を目にした。そのとたん、彼女の胸はきゅんとなった。ときおり過去は、心にひどいいたずらをしかけることがある。今でも、結婚した男性との間に愛情があるかのように感じてしまうなんて。

私が去ったあと、ヴィンチェンツォはどれだけ多くの女性とベッドをともにしたのだろう？　エマは傷ついた心でそう考えた。このスイートルームで私にしたように、彼女たちの体の奥深く身を沈めたのかしら？　エマの指が固く握りしめられた。たとえそうだとしても、私には関係ないことよ。彼の人生は彼の人生。もう、私の人生とは関係ないわ。

黒い瞳がさげすむような光を宿してこちらを見たが、エマはその下にひそむ欲望を読み取ることができた。彼女は愚かではない。ヴィンチェンツォの洗練された外見の下に、情熱と所有欲のうごめく原始的なシチリア人男性の魂が息づいていることが、エマにはわかっていた。

だからこそ、エマは慎重にならなければならなかった。自分がよい母親だと、ヴィンチェンツォに対して示さなければならない。二度とジーノを彼から引き離そうとしないことを確信させなければならない。彼との関係を円滑にするためなら、屈辱感を味わってもいい。エマは絶対に達成される可能性のない現実離れした望みなどいだくつもりはなかったが、妥協点は見つかるはずだと信じていた。

ヴィンチェンツォは寝室から出ながら、獲物を見るような暗い目つきで、エマを頭のてっぺんから爪先まで眺めた。その視線に、エマは突然恥じらいを感じた。私は本当にこの男性と暮らしていたのかしら？　本当に毎晩ベッドをともにしていたの？　今ではあまりにも昔のことのように感じられ、ほとんど思い出せなかった。

エマは無理して笑顔をつくった。「どう見えるかしら？」そう言って、理性的な関係につながるべき第一歩を踏み出す。

〝どう見えるかしら〟だって？　ヴィンチェンツォのこめかみがうずいた。あんなふうにほほ笑まれると、彼女が嘘つきで欺瞞に満ちた魔女であることを忘れて、かつて夢中になった光り輝くブロンドの天使に思えてくる。「もっとよく見えるように、こっちへ来たまえ」

主人の前に連れてこられた奴隷みたいね。エマはもう少し前に進んで、ふたたび笑みを浮かべた。今度はもっと無理をして。「どう？」

ヴィンチェンツォは新車を買うような客観的なまなざしで彼女を検分した。「そうだな、君は十分前より百倍も美しく見える。何も身につけていないほうがもっといいが。とはいえ、もしそうしたら、ディナーには支障をきたしてしまうだろう。まあいい。食事のあと、いくらでも時間があるのだから」

エマの顔が赤くなった。なんて意地悪な言い方をするのかしら！　まるで食後のミント菓子みたいに軽くあしらわれてしまった。「あなたとシチリアに同行することは承諾したけれど」エマは声を震わせて抗議した。「それ以外のことを承諾した覚えはないわよ」

「ああ、よしてくれ、エマ。もう何かふりをするのはやめようじゃないか。僕らはすでに禁断の果実を味わって、食欲をかきたてられている。僕が君を欲しがっているのと同じくらい、君も僕を欲しがっているはずだ。それは、君の目を見ても、僕が胸に目をやると頂が硬くなることでも、君の体が僕に反応することからもわかる。たとえ、どれほど君が隠そうとしても。だからこの機会を利用しようじゃないか」

彼の言葉はあざけり以外のものではなかったが、だからといってエマに与えた影響が薄まるわけではなかった。くやしいけれど、ヴィンチェンツォは正しい。腕の中に引き寄せられたエマは、たちまち体が燃え上がる気がした。エマは言いたかった。私は反応しやすい体というだけの存在じゃないのよ、私は感情を持っているのよ。かつて一度心が打ち砕かれ、今ふたたび打ち砕かれるのはもう耐えられない。

「でも、あなたが言ったのは……」

「うん？　僕がなんと言った？」ヴィンチェンツォはエマをいっそう引き寄せながら、唇を彼女の顎の線に沿って這(は)わせた。

「私は……」ヴィンチェンツォの愛撫(あいぶ)はたまらなく甘美で、エマは何を言おうとしていたかすっかり忘れてしまった。彼の手はいまや彼女の胸の上にあり、高価なシルクのドレス越しにふくらみをまさぐっている。エマは官能をくすぐるその的確さに、痛みさえ感じた。

「ヴィンチェンツォ」

「こうされるのが好きだろう？」

「ええ！」言葉が、意思とは関係なくほとばしった。ふたたびエマは彼の強力な魔法にかかってしまったようだった。聞こえるのは胸の高鳴りだけ。感じるのは、静かに絶え間なく続く欲望の痛みだけ。

「ああ、エマ」すべりやすいシルクで覆われたエマのヒップをまさぐりながら、ヴィンチェンツォが静かに言った。「君はなんてすぐに熱くなるんだ」

あなたにだけよ、とエマは思った。あなたに対してだけよ。エマは目を閉じた。あと一秒何もしなかったら、手遅れになる。ヴィンチェンツォは、今着たばかりのドレスをはいでしまうだろう。そしてまたもや、私は悦楽に満ちた行為の従順な相手になる。女性を操り人形かおもちゃのようにあしらう男性と取り引きする力は弱まってしまう。ジーノは眠りについたばかりだというのに！　まだキスさえしていないことに気づいたエマは、必死の努力でヴィンチェンツォから身を引き離した。

「やめて」

ヴィンチェンツォが眉をひそめる。「ゲームはやめることに合意したと思ったんだが？」

「これはゲームじゃないわ、ヴィンチェンツォ。ジーノが隣の部屋で眠っているのよ。忘れたのなら言っておくけれど」

「忘れられるわけがないだろう」

突然、ヴィンチェンツォは手を離してエマから遠ざかった。心の中では、彼女を押し倒してここで奪ってしまいたいという欲望と闘っていた。だが思いがけないことに、彼は自分がエマを賞賛の目で見ているのに気づいたのだ。もし官能に酔う彼女の叫び声が息子を起こしたとしたら、きっと軽蔑していただろう。もし息子を無視して欲望を追い求めていたとしたら、エマの女性としての価値も、母親としての価値も地に落ちていたところだ。

「何か食べたほうがいい」ヴィンチェンツォは唐突に言った。「こんなに痩せているのも当然だ。ほとんど一日、何も口にしなかったじゃないか。階下のレストランでディナーをとろう。僕らが食事している間、ホテルは喜んで優秀なベビーシッターを派遣してくれるだろう」

エマは首を横に振った。「あの子をひとりにしたくないの。目が覚めたら怖がると思うわ。見慣れないところにいるのだし。私を捜して泣いているときそばにいてあげられないのはいやだし……」息継ぎのために言葉を切ったエマは彼の無表情な顔を見やって、ちょっと肩をすくめた。「こんなことを言う私を愚かだと思うでしょうね」

訴えかけるエマの大きな青い瞳に心を閉ざそうとして、ヴィンチェンツォが伏し目がちになる。「実のところ、立派な心がけに聞こえる。離婚調停を扱う弁護士が感心するようなせりふだ。よき母親という分野で最高点を挙げたね、エマ」

「あなたは」エマはヴィンチェンツォをじっと見つめた。「私がそんなことのために……点数を稼ぐために言ったと本気で思っているの？」

ヴィンチェンツォはエマの傷ついたまなざしを無視しようと努めた。なぜ彼女は、思いがけず飛んできた矢に射抜かれた罪のない動物のようなふりをする？　さっさと結婚生活を放棄し、そのあと息子をずっと隠しておくような軽薄なまねをしたのは彼女のほうなのに。

だが、ヴィンチェンツォは自分の目で証拠を見て、エマに対するかつての判断を改めなければならなくなっていた。彼女が息子を貧しさの中で育て、自分自身も貧乏人のような身なりをしていたのは事実だ。けれどジーノが充分に心をこめて世話をされてきたことは見てわかる。あの子は、とても満足した幸せな子だ。これは、世界じゅうの金を集めても買えるものではない。

「いや」ヴィンチェンツォはしぶしぶ認めた。「あの子の面倒を君がよく見てきたのは認める」

この賛辞は、エマを舞い上がらせた。ヴィンチェンツォが譲歩するなど思いもよらなかった彼女は、目をしばたたいた。でも、この予期しなかった思いやりの言葉には、今までの侮辱と同じくらい心が傷つく。思いやりは優しさとあまりにも近く、エマが彼の世界の中心にいたときのことを思い起こさせるから。彼女はヴィンチェンツォの腕をつかんで、あの幸せな日々はどこへ行ってしまったの、と詰問したかった。しかし心の底では、そんなことをしても無駄だと感じていた。

「では、ルームサービスで何か注文したらどうだ？」ヴィンチェンツォは主寝室に向かいながら、冷たいほほ笑みを投げかけた。「僕がシャワーを浴びている間に」

エマは巨大な机に歩み寄った。隣の部屋でヴィンチェンツォが服を脱いでいることから気をそらせるならなんでもありがたかった。とはいえ、メニュー自体も衝撃的だった。

大富豪の妻の生活を、私はどうしてこんなに早く忘れてしまったのだろう？　このしゃれたメニューの料理一品の値段が一週間分の食費を上まわるとは、なんて奇妙なのだろう？　普段の日なら、好きなものを気の向くままになんでも注文できるということにわくわくしたかもしれない。けれど、きょうは普段の日などではなかった。どれほど想像力をたくましくしたとしても。

エマはステーキとフライドポテト、フルーツのデザート、赤ワインのハーフボトルを注文した。ウェイターが二人、ワゴンとともに現れたとき、ヴィンチェンツォがシルクのシャツと黒いズボンといういでたちで寝室から現れた。黒髪に光る水滴が親密な雰囲気をかもし出している。事情を知らない人の目には、私たちは完璧（かんぺき）な夫婦に見えるでしょうね、とエマは思った。

銀色の半球形のふたが皿の上からどけられ、ワインの栓が華々しく抜かれる間、二人は黙って座っていた。

ウェイターが去ってドアが閉まると、ヴィンチェンツォは呆然と皿を眺めているエマにしかめ面を向けた。「何か食べたらどうだ、エマ?」もどかしげに付け加える。「壊れ物のようにただ座っているのはやめてくれ」

エマは急いでフライドポテトを口に入れた。その塩からい味が忘れていた食欲を刺激したらしい。彼女は突然空腹をおぼえた。ステーキを半分食べ終わったとき、ヴィンチェンツォが食事に手をつけぬまま、あざけるような表情を浮かべてじっとこちらを見つめているのに気づいた。

「気分はよくなったかい?」

「ずっといいわ」エマは快活に答えた。だが体力は食事によって少し回復したものの、頭の中で渦巻いている考えは、彼女を不安にしていた。こんなふうに彼とふたたび一緒に食事をとることが、なんとなじみ深く感じられるのだろう。彼と恋に落ちたシチリアに戻ったら、どんな感じがするかしら?

答えを求めるより、そんな考えはどこかへ押しやったほうが楽だった。どれほどつかの間だろうが、この不安定な平和を楽しみ、私たちは本当に幸せな夫婦だというふりをしたほうが、はるかに楽だ。もちろん、忘れてはならないことがある。心の安定を保ちつづけるには、ヴィンチェンツォとの間に物理的な距離を保つことが必要だ。

エマはわざと大きなあくびをした。少なくともこの豪勢なスイートルームには寝室がたくさんある。掛け布団を頭の上までかぶって外の世界を締め出したら、天国のように感じられるだろう。「そろそろ寝ることにするわ。長い一日だったから」

ヴィンチェンツォが笑みを浮かべた。エマの考えはときおり丸見えになる。「僕も同じことを考えていたんだ、いとしい人(カーラ)」彼は穏やかに言った。「それ以上好ましいことは考えつかない」

「でも、あなたはまだほとんど食べてないわ」

「欲しくないんだ。いや、少なくとも食べ物は。欲しいのは君だ」ヴィンチェンツォは赤ワインをゆっくり口に含んでグラスを置き、椅子を引いて彼女の方に歩き出した。

エマの心臓は爆発しそうになった。「私はあなたとベッドには行かないわよ」

静かにヴィンチェンツォが笑い声をたてた。「いや、君はそうするさ」彼は椅子を引いて、まるでエマが羽根ほどの軽さしかないように立たせた。彼女の顔を上に向けさせ、情熱に燃える目で見つめる。「今夜このホテルに泊まるすべての夫婦と同様、僕らはベッドをともにする。君はそれに慣れたほうがいい、エマ。どうせシチリアに着いたら、僕らはベッドをともにするのだから」

「面目を保つために？」応酬したエマは、ヴィンチェンツォの表情が曇るのを見て、彼の痛いところを突いたとわかった。

「それもある」めったにないことだが、内省的になったヴィンチェンツォはエマに譲歩した。しかし次の瞬間、彼の唇が皮肉っぽくゆがんだ。「本当の理由は、君とはいつも最高のセックスが楽しめるからだ。この点は以前と変わらない」

彼はこんなことさえ侮蔑に聞こえるように口にする。「もし私が拒絶したら？」

「君は拒絶などしない。たとえそう望んだり、その力があったとしても。拒絶したら、君は失うものが多すぎる」

エマは夢中で首を横に振った。「性的な脅迫だわ！」

「いや、それどころか、エマ」ヴィンチェンツォはエマの体を引き寄せて情熱の証を押しつけ、彼女の目が不信と欲望で大きく見開かれるのを眺めつつ反論した。「僕は君に、不本意に僕とこうしているんだというふりをする機会を提供しているだけだ。つまり」硬くなった胸の頂に指先で触れると、エマの体がぴくりと震えるのがわかった。「こんなことはしてほしくないと思っているふりをね。もしこれで君の良心が満足するなら、望外の幸せだ」

それ以上のもめ事もなく、ヴィンチェンツォはエマを腕に抱えて主寝室に連れていき、彼女が数時間前に身につけたばかりの新品の青いシルクのドレスを脱がせた。

10

「ジーノ、見てごらん！　この瞬間を記憶に刻むんだ、僕の息子よ。ここがお父さんの国だ」

ヴィンチェンツォの声が澄んだ大気の中に漂う。エマは彼が息子を抱いて自家用ジェット機から降りる姿を眺めた。ジーノは貴重なトロフィーさながら大事そうに抱えられている。彼の言葉はエマを疎外することを意図してわざと口に出されたように思えたが、それでも、いつも愛してきた島をふたたび訪れたことに、エマは複雑な感慨をおぼえていた。

初めてシチリアに来たとき、エマにはここが天国に思えた。シチリアの住民はこの土地に熱烈な誇りをいだいている。ヴィンチェンツォはカルディーニ社の本社があるローマに住んでいたので、結婚後に住んだのはローマだったが、祝日や休暇のたびにこの地を訪れたエマは、さまざまな姿のシチリアを目にしてきた。

海岸沿いには、輝くばかりのレモンとオレンジの果樹園が続き、北東の森の深い緑と美しい対比をなしている。中央部のなだらかな丘にはアーモンドとオリーブの木立、そして小麦畑が果てしなく広がっている。春には野の花が、草地の鮮やかな緑の上に虹のように咲き乱れる。

カルディーニ一族の所有地は、島のあちこちにあった。冬のスキーロッジでは、椰子の木に雪が積もるのを見て、エマは歓声をあげたものだ。

今は寒い季節だが、空は青く澄み、太陽の光が降り注いでいる。エマは滑走路で待機している車を目にして、カシミヤのショールを体に引き寄せた。

「ジーノのためのチャイルドシートはあるの?」エマはヴィンチェンツォに尋ねた。

黒い瞳が、フードをかぶったジーノの頭越しに彼女を見つめる。「もちろんだ。この子の到着に合わせて、あらゆる準備が整うよう指示しておいた」

エマは息子をチャイルドシートに座らせて、シートの留め方を覚えようとしている。その様子をヴィンチェンツォは見ていた。このときばかりは、彼の注意はエマの体や二面的な性格に向けられてはいなかった。ヴィンチェンツォは彼女とその赤ん坊が自分の暮らしにもたらした大きな変化について考えていたのだ。

彼が後部座席にすべりこむと、ジーノが愛情をこめて手をのばした。ヴィンチェンツォの口元に無意識のうちに笑みが浮かぶ。こんなに魅力的な赤ん坊を目にして心が躍らないほうがおかしい。彼は早くも息子と深く結びついていることを自覚した。

ヴィンチェンツォは隣に座っているエマに向き直った。ブロンドの髪は形よくポニーテールにまとめられ、青い瞳は白い顔の中で大きく光っている。クリーム色のカシミヤのコートをまとった彼女は、甘やかされた上流の女性の雰囲気をかもし出していて、少し前に彼のオフィスに飛びこんできた浮浪者のような面影はまったくなかった。

「今朝の気分はどうだい？」彼は穏やかに尋ねた。

エマは混乱していた。物事が急展開するスピードにたじろいでいたし、さまざまな意味で落ち着く場所がなくなったような気がしている。加えて、ヴィンチェンツォの唇に手をのばしたくてたまらない気持ちと闘っていた。そうすれば、それがゆうべホテルで彼女の体のあらゆる部分に触れた唇であることがわかって安心できるように思えた。その唇は、優しく、ときには荒々しいシチリア語でささやきをもらした唇、そしてクライマックスに野性的な叫び声をあげた唇だった。その瞬間、エマは彼にもう一度近づけたような気がしたのだ。けれど朝になって日が昇ると、二人はふたたびよそよそしくなり、子供によってのみ結びついている夫婦になった。

だからもう、困難から目をそらすのはやめなさい。エマは自分に言い聞かせた。彼の性的働きかけがもたらす一時的な魔法に陥ってはだめ。現実に立ち向かわなくてはだめよ。

「ヴィンチェンツォ、私たち、話し合わなければ」

「じゃあ、話せばいい」

「ジーノがあなたの家族に会ったら、何が起こるのか」エマは間を置いて続けた。「そのあと私たちはどうするのかを」

ヴィンチェンツォはエマの警戒した顔つきを眺めた。こんな状況で、僕に何を言わせようというのだ？「今はその時機じゃない、エマ。まだ決めていないんだ」

エマはもどかしげに首を横に振った。これこそヴィンチェンツォだわ。一方的に話を打ち切り、私が彼に合わせるものと思っているなんて。今まではそうだったかもしれない。だけど、もう違う。「でもそれは、あなたひとりで決めることではないでしょう？」エマは静かに尋ねた。「私にも、あなたと同じだけ将来について考える権利があるわ」

黒い瞳が彼女をじっと見つめた。「じゃあ、君はどんな将来を考えている？」

一瞬だったが、彼の声は道理でものを言っているように聞こえた。彼に真実を伝えたら？　理性に耳を傾けようとする心が、ひとかけらでも残っているのでは？「わからないの」エマは苦しい声で答えた。「あなたは当然ジーノに会いたいと思うでしょう。それを妨げる権利は私には……」

「そうだ、君にはない。もっとも、今までできる限り君は会わせまいと努力してきたが」

ヴィンチェンツォの目つきを見るとおびえそうになる。でも、これ以上彼を恐れまいと決心したんじゃなかったの？「あの子が私から離れている時間を思うとたまらないのよ。あの子が成長するときに、何か見落としてしまうのが。それは、言葉かもしれない。笑顔かも、最初の一歩かもしれない。それとも、怖い夢を見て私に助けを求める姿かもしれない」エマの唇が苦しさにゆがんだ。「そのとき私がいないと思うと耐えられないわ」

　ヴィンチェンツォが体をかがめた。顔つきは酷薄で、夜の間甘い快楽をもたらした男性が、何か別のものに豹変(ひょうへん)してしまったようだ。

「それは僕にとっても同じだとは思わないのか？　ようやくあの子を見つけたのに、今になって離れ離れになるのは、身を切られるような思いがすると、君は思わないのか？」

　エマは〝でも、私はあの子の母親なのよ！〟と叫びたかった。だが、こんな感情の渦に巻きこまれていても、それは口に出してはいけないせりふだとわかっていた。エマを傷つける言葉をヴィンチェンツォが返してくるのがわかっているからではない。彼が息子のために命を投げ出そうとしていることがわかったからだ。

　かつてヴィンチェンツォは、同じような愛情をエマに宣言した。しかし、男女の関係は親子の関係とはまったく違う。子供は無条件で愛せるけれど、大人の愛情は枯れて死に絶えてしまう。

　そのとき後悔の念が波のように押し寄せ、エマは不可能なことを願っていた。まだ彼が私を愛していてくれて、この状況がうまく解決できたなら。「争うのはやめましょう」彼女はささやいた。「ジーノがいやがるわ」

　二人はしばらくの間、無言の火花を散らした。ヴィンチェンツォは彼女の唇から視線を引き離した。本当はエマにキスしたかったが、そうはせずに、彼は外を見やった。なじみのある風景が、緑濃い郊外へと続いている。そこは、カルディーニ一族が一世紀以上にもわたって、ワインとオリーブオイルを製造してきた地だ。

いつもと同様、ヴィンチェンツォは愛する島の風景に情熱をかきたてられたが、きょうは、自分の血が沸点に達しているように感じていた。その理由はもちろん、父親になったことと、ふるさとに戻ってきたことにある。だがそれだけでなく、エマがそこにいるからだ、と彼は苦々しく認めた。彼女はいまだに、ほかのどんな女性にもできないほどヴィンチェンツォをとりこにしている。

しかし、二人の結びつきはなんの成果ももたらさない。彼は今まで何度もそうしてきたように、自分に言い聞かせた。エマのことは単なる情事の相手にとどめておくべきだったのだ。二人の関係は休暇の終わりとともに終焉を迎えるべきだった。

二人が最初に出会ったとき、ヴィンチェンツォは自分をとりこにするエマの力にとまどいながらも彼女に夢中になっていた。生まれて初めて感情の言いなりになり、その結果、誤った判断を下してしまった。エマは完璧な愛人だったが、妻としては最低だった。では、今はどうなのだろう？　今、エマはどちらでもない不可思議な存在になっていた。

「少なくとも、どこに滞在することになるのか教えてくれないかしら？」エマのやわらかい声が彼の物思いを破った。「きっとぶどう園でしょうけれど」

ヴィンチェンツォは現実的な話に意識を戻そうと努めながら、首を横に振った。「いや。

もうあそこには泊まらない。去年、少し離れたところに屋敷を購入したんだ」

「まあ」その声とともにため息がもれる。エマは自分が息をつめていたことに気づかなかった。

「うれしいかい？」

エマは肩をすくめた。今の状況は充分に難しいものなのに、それに加えて、一挙一動を彼の親族に仔細に観察されるのはたまらなかった。観察者たちの批判的なことといったらないのだから。カルディーニのぶどう園は広大で、ヴィンチェンツォの従兄弟たちが、まるで自分の家ででもあるかのように出入りしていた。

「ちょっと安心したわ」エマは素直に認めた。「正直に言うと、あなたの身内のすぐ近くで暮らすのは気が進まなかったの。今まで一度も私を認めてくれなかったもの」

「彼らが気にかけていたのは僕たちが結婚した事実だけだ。彼らは僕がシチリア人の女性と結婚するべきだとずっと思っていたからね」

「じゃあ、自分たちの危惧が正しかったとわかったら、すごく喜ぶでしょうね」

「僕らの離婚を祝おうとするような者などいないさ。とにかく、僕の従兄弟のほとんどは、仕事でアメリカに出かけている。サルヴァトーレも来週まで戻らない」

エマが目を上げた。「そんなに長く？」

「不安そうだね、エマ」ヴィンチェンツォがあざけるように言った。

エマとしては、彼の厳しい従兄弟たちに会いたいなどとはお世辞にも言えなかった。中でもいちばん年長のサルヴァトーレは最も厳しい存在だ。「知りたかったのは」彼女はぎこちなく肩をすくめた。「私たちはシチリアにいつまで滞在するのかよ」

「ああ、それなら、一泊二日の旅行にはならないことだけは保証するよ、いとしい人（カーラ）」

ヴィンチェンツォが威圧的になっていることをひしひしと感じて、エマの指が首に巻かれているカシミヤのショールをつかむ。「ジーノのことは、みんなにどう伝えたの？」

「一族に紹介するために息子を連れてきたと言っただけだ」

エマは彼の真意を測ろうと顔を見つめた。「それで、反応はどうだったの？　何かきかれた？」

「彼らは質問などしない。僕のプライバシーを侵害することになるから。僕は、今回の件について一族の容認や判断を求めているわけじゃない。それは僕ら二人の間だけの問題だ」ヴィンチェンツォが体を前に倒して、運転手に早口で何かを告げた。車は中世の面影を色濃く残す岬に差しかかっていて、エマにはそこがトラーパニだとわかった。「あそこを見てごらん、エマ。エガディ諸島が見える」

つらい感情が押し寄せるであろうことを一瞬忘れて、エマはサファイア色の海をじっと見つめた。「ああ、なんて美しいのかしら」

「船を出したときのことを覚えているかい？」ヴィンチェンツォが思わず尋ねる。

「何時間も漂ったわね」言ってからエマは、このまま話しつづけたら危険な領域に立ち入ると気づいて口ごもった。

二人の瞳が出合う。彼は船室に私を連れていって愛を交わしたことを思い出しているのかしら？　そのあとデッキに戻り、真っ赤に燃える夕日を二人で眺めた。でもあのとき二人の間には、今でもくすぶっている体の相性以上のものがあった。あのとき二人は、愛という泡の上に漂っていたのだ。泡ははじけてしまったけれど、今でもそのときのことを思うと心が痛む。

「新しい家について話して」エマは声が震えないように努力しながら話題を変えた。

彼の唇の端に、奇妙な笑みが浮かぶ。「自分で見てみたらどうだ？　すぐこの先だから」

実のところ、〝家〟という表現は完全に誤りだった。エマの目に入ってきた建物は古城だった。いくつもの小塔と巨大な門を備えたその城は、周囲の田園風景を見下ろすようにそびえていた。車が城に近づくと、エマは古い石造りの壁を見ることができた。車が椰子の木の植えられた優美な中庭に入って止まるなり、彼女は驚きの声をあげた。「塔まであるの？」

「塔は四つある。それに礼拝堂もね」

「マ……マ……ママ」ジーノが声を出した。

エマは我が子の声に即座に反応して、車を降りた。周囲の美しさと傷ついた思い出に心を乱されながら、反対側のドアを開けて、ジーノをチャイルドシートから下ろす。赤ちゃん言葉を聞き、温かい息を頬に感じて、エマは我が子を抱きしめた。「まわりを見てごらんなさい。きれいでしょう?　ここはお城よ。私たちはここに住むのよ!」

「こっちへ来て、ここからの眺めを見てごらん」ヴィンチェンツォが促した。

これは夢ではないのだと自分に言い聞かせながら、エマは彼のあとについてすり減った石畳を歩き、やわらかな緑にけぶる丘とぶどう畑の整然とした樹列を眺めた。水平線には、エガディ諸島が浮かんでいる。その島のどこかには、かつてヴィンチェンツォとやわらかな金色の砂を踏みしめて歩き、泳いだ、サン・ヴィートの浜があるはずだ。

私は楽しかった記憶を無視しつづけてきたのだ、とエマは思った。傷つくのがいやだったから、心の底にうずめて、忘れてしまっていたのだろうか?　記憶とは選び取られるものだ、と言われるのも、こんなところからきているのかもしれない。でも、そのほうが、新妻として幸せの絶頂にいたときの記憶を思い出すより安全でしょう?　思い出したところで、痛みと後悔がもたらされるだけなのだから。

エマはあわてて中庭の反対側に向かった。そこからは、オレンジの木立の中に灰色の石の壁で囲われた長方形のプールが見下ろせる。景色を眺めているとき、塔の鐘が鳴り出した。

それは息をのむほど美しい瞬間で、振り向いたエマの目には涙が光っていた。「ああ、ヴィンチェンツォ。シチリアがどんなに美しくなれるか、忘れていたわ」

ヴィンチェンツォは半分閉じた黒いまつげの間から彼女を検分した。そして彼も、エマがどれほど賢く美しい女性になれるか忘れていた、と考えていた。澄んだ青い瞳と桃のような肌を持つ彼女は、初めて出会ったときそのまま、今でも若々しく清純に見える。

「こっちに来て、中を見るといい」

急にやわらかくなったエマの物腰と彼女の目に光るものを努めて無視しながら、ヴィンチェンツォは言った。彼女が突然シチリアに熱心になったのには、理由があるに違いない。ここの贅沢さに比べて、イギリスでの暮らしがどれほどつましいものだったか、今になってわかったからではないだろうか？　僕を捨てたとき一緒に捨てたものの大きさに、ようやく気づいたのでは？

「あとについてきてくれ」ヴィンチェンツォは鋭く言い放った。

彼のあとに続いて城の中を通り抜けながら、エマは夢の中を漂っている気がした。大理石の床と黒い木の梁で支えられた天井を持つ城の内部はひんやりと涼しく、部屋はどれもこれも優美だった。二人はついに二つある大広間のうちの格式ばっていないほうにたどりついた。上から下まで黒い服に身を包んだ、見覚えのある中年女性が出迎える。

「カルメラを覚えているかい？」ヴィンチェンツォが尋ねた。

カルメラはヴィンチェンツォを育てる祖母を助けていた女性で、エマが彼の花嫁としてイギリスからやってきたとき、親切にしてくれた。

「もちろん覚えてるわ。おはようございます、カルメラ。ごきげんいかが?」

記憶の底から数少ないイタリア語を引き出したかいがあって、ヴィンチェンツォの顔が驚きの表情に変わり、黒衣の女性がうれしそうにほほ笑んだ。

「いいです、いいです、シニョーラ・エマ」

シチリア語でさかんに何かを話しながら、カルメラはジーノに近づいた。ジーノは警戒するように彼女を見ている。

歓喜の声をあげながら、カルメラは親指と人差し指でジーノのふっくらした両頬をかわるがわるつまんだ。ヴィンチェンツォはそれに答えて何かつぶやいている。その様子を見て、エマの顔に笑みが浮かんだ。

「彼女はなんて言ったの?」

「僕らの子は世界でいちばんかわいいと言ったので、僕が、ありがとう、と言ったんだ。彼女の娘のロザリアがあとで来るそうだ。ロザリアにはジーノより少し年上の息子がいて、いつでも僕らのために喜んで子守りをしてくれる」

「私は慣れていない人にジーノをあずけたりはしないわ」エマが急いで言った。

ヴィンチェンツォは彼女を少しの間見つめた。「それなら、ジーノはすぐに慣れたほうがいい。僕は、できる限り多くの者が、跡取り息子のジーノに会えるようにするつもりだ」

彼の言葉は所有者意識にあふれている。エマの心を不吉な予感がよぎったが、そんな思いは振り切ることにした。ヴィンチェンツォがこんな宣言をしたのは誇り高い一族のならわしにすぎないのだから、と彼女は自分に言い聞かせた。どうして私はヴィンチェンツォがジーノを一族に会わせるのが不安なのだろう？　〝それは、私を排除することになるから。私を隅に追いやって、私の存在などみんなが無視するということを思い知らされるからだわ〟心の声が答える。

でもそれは身勝手な考えで、息子のためを思ったら捨て去るべき思いなのでは？

「ジーノのおむつを替えなくちゃ」

ヴィンチェンツォがうなずいた。

「寝室に案内しよう。城の端にあるスイートルームがちょうどいいと思って手配した。そこなら、ジーノを抱いて階段を上り下りしなくてすむ」

ヴィンチェンツォが心配りをしてくれたことはありがたかった。山の小道さながら曲がりくねる急な階段は安全には見えない。「あなたの寝室はどこなの？」エマがきいた。

彼の唇の端に笑みが浮かぶ。「あまりにも世間知らずになるのはよしてくれ、エマ。ロンドンで話し合ったとおり、僕らはもちろん同じ寝室を使う」

エマは心臓が一瞬止まった気がした。「息子のそばにいられるから？」

「それもあるが、それだけじゃない。君の美しい体を充分に楽しむ機会を逃したくないんでね」

エマの心は、ヴィンチェンツォの傲慢(ごうまん)さに対する嫌悪と、彼の腕の中で夜を過ごす興奮とに引き裂かれた。まるで、彼の力強い筋肉質の体を覆うなめらかな肌に爪を立てるのが待ちきれないかのようだ。この上ない喜びで敵意が忘れられるときを待ち焦がれているのだろうか。

でも、性的親密さは万能薬じゃないわ、とエマは厳しく自分に言い聞かせた。真実の目を曇らせる危険なまやかしでもあるのだから。けれど彼女は黙ってヴィンチェンツォのあとにしたがった。話したところで、らちがあかない。果てしない迷路のような廊下を通り抜け、緑濃い南国の庭を望む立派なスイートルームに着いた。

すでに荷物は運びこまれていたので、エマはジーノの荷物を解きはじめた。今でもまだ、おびただしい数の豪華な新しい子供服に面食らってしまう。彼女はジーノのおむつを替え、かわいらしいセーラー服の襟のついた、温かいネイビーブルーのカバーオールを着せた。そして、小さなシープスキンの靴をはかせる。ヴィンチェンツォは窓枠にもたれかかりながら、何も言わずにエマとジーノを見ている。

由緒あるシルクの敷物が石の床に敷かれているのを、エマは心配そうに眺めた。「ジーノをここに下ろしてもいいかしら？　それとも、私が手と顔を洗う間、抱いていたい？」

息子を抱くのにいちいちエマの了解をとる必要はない、とヴィンチェンツォはあざけりそうになった。しかし彼にもようやく、エマがひとりきりで赤ん坊を育てるのがどれほど大変だったかがわかりはじめていた。彼は幼年期を、いつも従兄弟たちが出入りしている祖母の家で過ごした。おじやおばには、いつでも手助けをする者がいた。しかしエマは、ひとりですべてをやり抜いてきたのだ。

「這(は)うようになったらどうなるんだい?」

エマは優美な青いタイルのバスルームに足を踏み入れた。ヴィンチェンツォがジーノを抱いてついてくる。彼女は洗面台に湯を張り、手をライムの花の香りのする石鹸(せっけん)で洗った。やわらかく肌に快い石鹸の泡が、旅のほこりを洗い流す。

エマは鏡の中のヴィンチェンツォに向かって話しかけた。「はいはいが始まると、赤ちゃんは一気に活動的になるそうよ。ジーノはまだだけど、巡回保健師は、そのときに備えて心の準備をしておいたほうがいいと言っていたわ」

「ジーノが自分で動けるようになったら、一時も目を離せなくなるな」ヴィンチェンツォがゆっくり言った。

「そうね」エマは洗面台の栓を抜いて、向き直った。長いこと使っていなかった肌ざわりのやわらかいタオルで手をふきながら考える。今私たちは、理性ある二人の大人として話しているわ。いがみ合っているエマとヴィンチェンツォではなくて。「ベビーサークルに入れない限りは」

「君は入れたくないんだね？」

「そうね、入れたくないわ。檻に入れるような気がするから。赤ちゃんは動物じゃないわ。動きまわって、いろいろ経験することが必要よ。でも、安全なところに入れておかなければならない場合もあるわね。たとえば私が、用を足すときなど」愚かにも、エマは自分がそんな話をしたことに赤面した。性的な触れ合いより親密な行為があるなんておかしくはない？　以前なら、彼にこんな話題は絶対に持ち出さなかっただろう。「ごめんなさい。変なことを言っちゃったわね」

だが、ヴィンチェンツォは自分自身に対する奇妙な怒りに襲われて、首を横に振った。

「僕は、そんなことも話せないような暴君なのか？」

エマはぎこちない思いで肩をすくめた。

「言ってくれ」ヴィンチェンツォが迫る。

エマは彼の黒い目を見つめた。「私たちが結婚生活を送っていたとき、あなたはあまり話をしようとはしなかったわ。でも、そのほうがいいのかもしれない。女性は謎に包まれているというような、古風な考え方をしたほうが」

ヴィンチェンツォはエマが過去形を使って話したのに気づいた。でも、彼女は正しいのでは？　結婚生活がもはや過去のものであるということについては。

「それに、私はあなたにどんなことを話したらいいのかわからなかった。どこまで打ち明けて、どこからは言わないでおいたほうがいいのか」シチリアで女性が最も求めている男性と結婚したと気づいたとき、エマは自信をなくしてしまったのだった。妻として彼の期待に応(こた)えるには、あまりにも自分が未熟な気がして。結婚生活の喜びと楽しさを満喫するかわりに、彼女は恐れでいっぱいになってしまった。もしかしたら、それこそ子供ができなかった原因だったのかもしれない。

「君はローマで幸せじゃなかったんだね」ヴィンチェンツォがだしぬけに言った。

返答を求めているというよりも、客観的な意見に聞こえたが、それでも彼は答えを求めるようにエマを見つめた。

「ええ、私はちょっと孤独だったわ。というより、隔離されたみたいに感じていた。イタリア語のレッスンは受けていたけれど、そのほかはほとんど何もしていなかった。あなたは一日じゅう仕事で出ていたし。それに、私が働くことには反対だったし」

ヴィンチェンツォはエマの不満を耳にして、いらだったように首を横に振った。「だが、君には何もキャリアがなかったじゃないか。君が通っていたのは料理学校だ。僕の妻、カルディーニ家の妻がカップケーキをつくって売るとでも？」

その言葉は、いつものあざけりに満ちた調子を帯びている。エマは彼をじっと見つめて考えた。なぜ私は突然、この人が道理にかなった思考の持ち主だなどと考えたのだろう？

人格を完全に変えなければ無理な話だ。そうなったらもはやヴィンチェンツォではなくなってしまうというのに。

「ああ、もういいわ。忘れて。用件がすんだのなら、ジーノに食事をさせなくては」エマは感情のこもらない声で言った。

11

まるで天国と地獄の中間地点にいるかのように、エマの心はたった数時間の間に両極端の感情の間を揺れ動いていた。今私はふたたびヴィンチェンツォのベッドで彼の腕に抱かれ、外の世界ではシニョーラ・カルディーニとして知られている。

でもそれは名ばかりで、二人は夫婦のふりをしているにすぎない。ジーノに対する愛情のみが本物だった。エマはその事実に、おぼれる者が濡(ぬ)れた岩の表面に爪を立てるようにしがみついた。自分もヴィンチェンツォもジーノに対して強烈な愛情をいだいているという事実だけがエマを支えていた。ほかのものは、純粋な誘惑という名の危険な罠(わな)だった。

ヴィンチェンツォとの魅惑の夜のことだけを考えていられるなら、どんなに楽だっただろう。城の主寝室を占領する巨大なベッドでヴィンチェンツォと夜を過ごすとき、二人はあらゆる恥じらいを捨てた。エマが糊(のり)のきいたコットンのシーツの上に身をすべらせると、何も身につけていない彼が力強く温かい体に引き寄せる。

ヴィンチェンツォはローマでの無味乾燥な最後の数カ月間を忘れようとしているかのよ

うだった。あのとき二人の関係は完全に破綻し、冷たい他人同然になっていた。けれど今、彼はエマを情熱の高みに押し上げようと決意しているように見え、彼女はそんなヴィンチエンツォに反応する自分にとまどった。巧みだけれど心をともなわない彼のテクニックにこれほどまでに反応してしまうのはなぜなのか、と。

同時に、イギリスに戻ったとき、どれほど彼の腕に抱かれたくてたまらなくなるだろうかとエマは思いやった。

昼間、何が起こっているのかわからないながらも興奮しているジーノに、ヴィンチェンツォは愛する島を案内した。エマは今まで忘れていた島の美しさを再発見することになった。思わぬときに浮かび上がる、幸せだったころの思い出に胸をつまらせることもたびたびだった。

黒ずんだ岩と荒々しい風景に彩られたウスティカ島のすばらしい眺めは、ヴィンチェンツォが彼女にキスして、その髪が金の糸のようだとささやいた思い出をよみがえらせた。なぜ変わってしまったの？　なぜ二人の関係は幸せが取り戻せないほど悪化してしまったの？　そして、なぜ思いやりの価値を、それが失われるまで気づかなかったのだろう？

少なくともジーノは、シチリア島での暮らしになじんできていた。まるで、ここで生まれたかのように。〝シチリア人は、みなこの島と心で結ばれているんだ〟ヴィンチェンツォは有無を言わせぬ傲慢さでエマに告げた。

　ときどき、カルメラの娘のロザリアが息子のエンリコを連れてきた。二人の赤ちゃんは大きな敷物の上で、にらみ合ったり笑い合ったりした。

〝二人が歩き出したらどうなるかしら?〟英語の達者なロザリアが言った。

　エマはちらりとヴィンチェンツォに視線を送った。ここにはずっといるわけではない。彼もエマもそれは了解しているはずだった。なのに彼はどうしてみんなにそう言わないのだろう?

　だが、エマはその質問をするチャンスがなかった。というのは、サルヴァトーレとほかのカルディーニ家の従兄弟(いとこ)たちが一日早く帰国したため、ぶどう園でジーノを正式にお披露目する盛大なパーティが催されることになったからだ。

「いったい何を着たらいいっていうの?」神経質になったエマは、いらいらした声で言った。カルディーニ家の子供たちはお祝いの際いつも白い服を着るとロザリアから聞き、ジーノには白い上下の服を着せるつもりでいた。だがジーノは食べ物を吐き出して、その服を汚してしまった。それを脱がせて、ジーノの黒い巻き毛の頭から、もう一枚の雪のように白い新品のトップを着せる。赤ちゃんに白い服を着せるとは、なんて非現実的なの、とエマは心の中で腹を立てた。

「何も身につけないのがいちばん美しい女性の君には、ちょっとした問題だな」ヴィンチェンツォがつぶやいた。

エマは彼を横目で見ながら、彼はいつになく満足げね、と思った。たっぷりと食事をしたあとのライオンみたい。その攻撃的な性格がしばらく影をひそめているので、頭を撫でても大丈夫という思いにさせられる。でもそれこそ、さっきまで行われていたことなのでは？

ジーノを今朝ロザリアの家にあずけたあと、家に戻るやいなや、ヴィンチェンツォは〝僕たちの自由になる時間を最大限に活用しよう〟と言って、エマをベッドに連れていったのだった。今、エマの顔は上気し、午前中に彼がしたことを考えると胸の高鳴りを抑えられなかった。

エマは彼が何か話しかけているのに気づいて、目を上げた。「なんて言ったの？」

「君が着替える間、僕がジーノを着替えさせようか、ときいたんだ」

「ええ、お願い」

エマはドレッシングルームに行き、ハンガーにかかった服を調べはじめた。このような機会に何を着るかは、きわめて重大な問題だ。男性優位主義のカルディーニ家の男性たちの批判的な目にさらされることはわかっている。

エマは服に指を走らせた。あまりカジュアルではなく、あまり体にぴったりしていないもの。そして、あまり肌が露出しないものがいい。カルディーニ家の子供たちのために、パーティは夕方早めの時間に設定されていた。だから、あまり改まった服でも困る。

結局、エマはシンプルなクリーム色のカシミヤのドレスを選び、やわらかい革のベルトをウエストに締めて、同色のブーツをはいた。

居間に足を踏み入れたとき、エマの心臓は一瞬止まった。父親の腕に抱かれ、彼の傲慢な顎を小さな拳(こぶし)でたたいているジーノは、あまりにも完璧(かんぺき)で幸せな赤ちゃんに見える。父親と息子の理想的な絆(きずな)を表す肖像として、二人はどんな広告の宣伝に使われてもおかしくない。

でも、真実はいつだって見かけとは違うわ。広告と同様、人生も幻想とは違うのよ。

「闘い方を教えているの？」エマはたしなめるように問いかけた。

黒い瞳が彼女の姿を眺めまわす。胸のやわらかいふくらみから、ほっそりした腰のくびれ、すっきりしたヒップの曲線へと。美しい体の線がやわらかなカシミヤによって強調されている。

「ん？」

エマは彼にそんな目で見てほしくなかった。自尊心がくすぐられて、体がうずくからだ。あり得ないことを期待してしまう。「あのね、闘い方を教えているのかってきいたのよ」

ヴィンチェンツォはジーノのふっくらした拳のパンチをよけて、笑みをもらした。

「そうだ(シ)、僕のいとしい人(カーラ・ミーア)。どんな男も、闘う方法を知らなくてはならない」

ジーノはまだ一歳にもならないのよ。でもそれをヴィンチェンツォに伝えるのは無駄だとエマにはわかっていた。そんな目で私を見ないでほしい、と頼むのも無駄だと。

エマの指が神経質にベルトに触れた。「私、どう見える？」

「実に優美に見える。わかっているだろう？　鏡は嘘をつかない」

エマはため息をついて、ハンドバッグを手に取った。「わかってないのね、ヴィンチェンツォ。女性は肯定の返事をもらいたくて、そんな質問をするわけじゃないのよ。安心させてもらいたいの。私はカルディーニ家の盛大なパーティにふさわしい装いをしているかどうかを知りたいのよ」

ヴィンチェンツォは、ゆっくりと笑みを浮かべた。「インデュビアメンテ」彼がつぶやく。

「どういう意味？」

「〝もちろん〟」

「便利な言葉ね。次にお店に行ったときに使わせてもらうわ」

「それより、今夜ベッドで使ったらいい。君は満足したかと僕がきいたときに」

「そんなことはきかなくてもわかっているでしょう！」

「確かに」

傲慢さをあらわにして彼が認めたので、エマは急いで目をそらした。

二人の会話が親密になるにつれて状況は複雑になる一方だ、とエマは思った。このままでは、望んでいる関係に戻ったような錯覚を起こしてしまう。そんな幻想をいだいたら、傷つくだけなのに。

ヴィンチェンツォはエマの背中が緊張するのを見た。彼女を罰するためにここに連れてきたことを、なぜ僕は忘れてしまったんだろう？　彼女の美しさに惑わされたからだ。いつもそうだったように。彼はジーノを抱き上げ、無愛想に言った。「行こう」

ぶどう園までの道のりを、ヴィンチェンツォは自ら運転した。でこぼこ道を車が進む中、エマの口の中は緊張でからからになった。カルディーニ一族の本拠地にある美しいぶどう園に行くのは、ずいぶん久しぶりだった。以前エマは、贅(ぜい)をつくした邸宅への道がなぜ整備されていないのかときいたことがある。そのときの彼の返事は忘れられない。

〝僕らシチリア人は、富を見せびらかしたりしないからだ。そんな必要もない。たとえ小屋の持ち主だろうと城の持ち主だろうと、男は男だ〟

エマはヴィンチェンツォの厳しい表情に目をやった。車は広大な中庭に入った。多くの車が止まっている。

「まあ、盛大ね。本格的な一族の祝典なのね！」

「もちろんさ。みんなジーノに会いに来たんだ」

ジーノに。口には出さなかったがエマは、ここでこの子が手にできるものはイギリスで彼女が与えられるものよりはるかに大きい、と認めずにはいられなかった。富だけではない。ここには家族がいる。血族の強い絆によって、愛し支えてくれるだろう。たとえ何が起ころうと、ここでならジーノは安全だ。

「どうして、ここシチリアで結婚生活を始めなかったの?」突然エマが尋ねた。

彼の目が冷ややかな感じに細められる。「僕の仕事はローマにあったからだ」

「でも……」

「ああ、わかるさ。仕事はどこでもできた」ヴィンチェンツォは運転を続けているかのように、両手をハンドルに乗せた。

思いをうまく表現するのは難しい。ヴィンチェンツォにとっては、いつもそうだった。子供のころも、心配や不安を話せる母はいなかった。祖母はありったけの愛情をこめて接してくれたが、その考え方は古風だった。男は力強く、無言で耐えるべきで、感情を表すのは女々しいことだ、と祖母は考えていた。

今も感情を表すのは難しかったが、エマは答えを引き出そうとじっと見つめている。

「たぶん、君がこの島を窮屈に感じると思ったからだ。イギリスから来た若い女性にはローマのほうが気が楽だろうと」

けれどローマはあまりにも大きく、あまりにも喧騒に満ちた都会だった。洗練された早口のローマの人たちはエマをとまどわせ、彼女は周囲から疎外されているように感じて自分の中に閉じこもり、夫からも遠ざかってしまったのだ。

エマはまっすぐ前を見つめた。「いずれにせよ、今ではどうでもいいことだわ。考えなければならないのは、現在のことなのだから」

二人の間に沈黙が広がった。

「中へ入ろう」ジーノをチャイルドシートから抱き上げてエマに手渡しながらヴィンチェンツォが言ったが、その声にはどこか後悔のようなものがまじっているように聞こえた。

エマは彼を見つめ、心配そうな表情でつぶやいた。「ヴィンチェンツォ、私、怖いの」

ジーノを胸に押しつけてしっかり抱くエマの姿を見て、ヴィンチェンツォの胸がつまった。

次の瞬間、彼の心の扉が閉ざされる。「心配する必要はない。みんな家族だ」ヴィンチェンツォはそっけなく言った。

そうね、あなたの家族よ。そしてジーノの。でも、私の家族ではない。

三人が入口に現れるや、興奮した歓声があがり、百人もいるかと思えるさまざまな年齢の女の子たちが飛び出してきた。みな真っ白な服を着て、色とりどりのサッシュを巻いている。そのあとには、まじめくさった黒い瞳を持つ男の子たちが続いた。

「まあ！」エマは驚きの声をあげた。ジーノが興奮した声を出して首に巻きつく。

それから、次々と紹介が続いた。ベッラ、ローザ、マリーア、セルジョ、トマッソ、ピエトロ。ひとりひとりに〝こんにちは（チャオ）〟と挨拶（あいさつ）したあと、エマはヴィンチェンツォに続いて、正式な大広間に入った。何人かの女性が疑い深げな目を向けているのを意識しながら。

正直に言えば、彼女たちを批判するつもりはなかった。もしエマが彼女たちの立場にいたら、同じように感じただろう。彼女たちは、結婚生活が破綻した理由もジーノが生まれたいきさつも知らなかった。ヴィンチェンツォが告げなかったからだ。

エマを公然と非難して彼女の人格を傷つけることは簡単だっただろう。だが、ヴィンチェンツォはそんなことはしなかった。理由はわかっている。彼は誇り高い男性で、プライドがそんなまねをさせないのだ。とはいえ、彼が沈黙を保ったことで、結局彼女は守られたのでは？

ヴィンチェンツォはエマをかつての知り合いに引き合わせたり、初めて会う人に紹介したりした。そんな彼を見て、なんてハンサムなのだろう、とエマは心の中で感嘆した。

「僕は紹介不要だね」

背後に男性の声を聞いたエマは、ジーノの背中にしっかりと手を当てて振り向いた。サルヴァトーレ・カルディーニだった。ヴィンチェンツォより一歳年上のサルヴァトーレとヴィンチェンツォの絆は、実の兄弟よりも強い。サルヴァトーレの母親は孤児となったヴィンチェンツォを我が子として家に迎え入れ育てようとした。しかし娘の死に心を痛めたヴィンチェンツォの祖母にとって、娘の赤ん坊を育てることが唯一の生きがいになっていた。

結局、ヴィンチェンツォは祖母の家で暮らすことになったのだった。それでも多くの時間をサルヴァトーレの家で過ごし、二人は学校に行くのも、乗馬や射撃を覚えるのも、泳ぐのも釣りをするのも一緒だった。そして、そばにいるすべての女性の注目を集める男性に成長したとき、誘惑されたがっている女性をかたはしから誘惑するようになったのだった。

サルヴァトーレとヴィンチェンツォは驚くほど似ていた。厳しく誇り高い顔つき、傲慢な振る舞い、そして力強い体。エマは一度もサルヴァトーレの優しい目を見た覚えがなかった。そんなものは存在しないのかもしれないとエマは思っていたが、目の前にいるサルヴァトーレは、今まで見たこともないほど沈んでいた。

「やあ（チャオ）、エマ」サルヴァトーレはゆっくりと言った。「元気そうだね」

もしヴィンチェンツォに装わされる前の普段着で彼の前に現れていたら、サルヴァトーレはなんと言っただろうか、とエマはいぶかった。きっと、こんなに礼儀正しい挨拶はしなかっただろう。彼女は一歩前に出て、頬にキスを受けた。ヴィンチェンツォは意図的に部屋の反対側に行って、エマとサルヴァトーレを二人きりにしている。まるで、ライオンに餌（えさ）を与えるように。

「こんにちは（チャオ）、サルヴァトーレ」エマは応じた。「あなたもお元気そうだわ」

サルヴァトーレはめったに見せない笑みを浮かべたが、その視線はジーノに向けられていた。記憶に刻みつけようとするかのように、じっとジーノを見つめている。そして、彼はうなずいた。「ヴィンチェンツォに生き写しだ」サルヴァトーレは静かに言った。

「ええ」サルヴァトーレはヴィンチェンツォが父親ではないと疑っていたのだろうか？　もちろん、そうに違いない。でも、疑っていたとしても、彼を責めることはできない。

「ええ、そっくりだわ」

サルヴァトーレは次に視線をエマに向けた。「どうしていた？」

「ええ、まあ。なんとか生きのびていたわ」エマは快活に答えた。

「ああ。それはわかる。だが、人生は生きのびるだけのものじゃないだろう。ヴィンチェンツォは君がいい母親だと言っていた」

シチリアの男性を知らない人なら、その言葉は単なるお世辞だと思っただろう。けれどエマには、それがとてつもない賛辞だとわかった。「いい母親になりたいと思っているの。難しくはないわ。ジーノはすばらしい赤ちゃんだもの」

「ジーノはシチリアが好きなんだね。ここにいることを自然に受けとめている」

彼の言葉には、まぎれもなく深い意味がこめられていた。礼儀正しい言葉の裏には暗黙の脅しがひそんでいる。

「好きにならない人なんていないでしょう」エマは何気なく応じたものの、心の中には不安が渦巻いていた。サルヴァトーレはジーノをチェスの駒みたいに思っているのかしら？

カルディーニ家の都合によって簡単に動かせるとでも？

このときヴィンチェンツォが戻ってきて、エマはほかの女性の席に連れていかれた。そこで、マジパンでミニチュアのフルーツをかたどったフルッタ・マルトラーナとコーヒーが供される。しかしサルヴァトーレの言葉が頭の中でぐるぐるまわっていたため、エマはお菓子に集中できなかった。乾いた口の中で段ボールを噛（か）みしめているような気がする。

七時過ぎになって、ようやく三人はパーティをあとにした。カルディーニ家の親戚（しんせき）一同が、全員戸口で手を振り、エマには、みんながよいパーティだったと感じていることがわかった。けれども心の中では不安が渦巻いていた。もはや自分の立場がわからない。

エマがそこにいる唯一の本当の理由は、ジーノがいるからだ。計画せずに奇跡的に生まれたこの子を除けば、私の体を今でも欲しがる男性と、今でも彼を愛しつづける哀れな女しか残らない。

車内の暗がりの中で、エマはヴィンチェンツォをすばやく見やった。私はどうしたらいいの？

家に戻ってジーノは眠りにつき、ダイニングルームで夕食をとることになった。エマは食欲もなく、ただ座っていた。彼女はパーティでも食事に手をつけなかった。

ヴィンチェンツォのこめかみに、怒りの脈のようなものが浮き上がる。エマは暗黙のメッセージを送っているのだろうか？　僕をなんだと思っているのか？　彼女がイギリスに帰りたがっていることがわからないほど鈍感だと？　そんなシナリオは許されないことが、まだわからないのか？

「エマ、僕らは話し合わなければならない」

エマはゆっくりと顔を上げた。彼の意図を読み取ろうとしたが、その表情はいままで見たこともないほど閉ざされている。「何について？」

糊のきいた白いリネンのテーブルクロスの上で、ヴィンチェンツォの手が握られ、また開いた。ああ、またゲームの再開か。もしかしたら、ベッドの中で僕に押さえつけられ、もっともっとと懇願しているときに話を持ち出したほうがよかったのかもしれない。

「将来についてだ。もちろん」

「ジーノの将来？」

「ジーノだけじゃない。君の将来もだ。そして僕の将来についても」

もし状況が違ったら、この言葉はロマンティックな申し出のように聞こえたかもしれない。けれどヴィンチェンツォの声は冷たく、目は氷さながらの光を浮かべている。エマの心臓は止まりそうになった。「続けて」彼女は次に何が来るのだろうかと緊張して言った。「どうやって話を続けるか、あなたには考えがあるんでしょう」

エマはなんて冷たい言い方をするんだ！　女性というより、不機嫌なロボットか見習い弁護士のようじゃないか！　彼女は学んだほうがいい。どんなに不機嫌になろうと、僕の考えは変えられないことを。

ヴィンチェンツォは、鋭い視線でエマをとらえた。「ジーノには、ここシチリアで育ってほしい。どんな状況下でも、君と一緒にイギリスに戻ることは許さない。そして、君が望んでいる離婚にも応じるわけにはいかない」

12

ヴィンチェンツォの言葉の厳しい調子とその内容に芯まで凍りつき、エマは唇を震わせて彼を凝視した。「でもあなたは……今回は短い旅だとほのめかしたわ。ジーノにシチリアを見せ、あなたの親族に会わせるのだ、と」

ヴィンチェンツォは短く笑った。「愚かにも、君はそう信じたというのかい？　僕が息子に当然手にするべき財産と将来を見せたあと、イギリスで送っていた貧しい暮らしに戻すと思ったのか？」

エマはまるで殴られたように体を縮めた。「あなたは……あなたは一時的な休暇であるかのように私をだまして連れてきて、この島の囚人にするつもりなの？　ええ、あなたはお金持ちで権力を持っている人かもしれないわ、ヴィンチェンツォ。だけど今は二十一世紀で、そんなことはできないのよ。私の意思を無視して私をここに閉じこめておくなんてできないわ」

「出ていけると思うなら、やってみたらいい」彼は静かに言った。

エマの意識下で、警戒警報が鳴った。肉食動物が今にも飛びかかってこようとしているみたいだ。ヴィンチェンツォの体にたぎる怒りを、彼女は感じ取った。彼を落ち着かせなくては。乱れる息を整えようと努める。エマは無理やり笑顔をつくった。「ねえ、ヴィンチェンツォ。お互い理性的になりましょう。こんなことは……」

「いや、僕は君をここにとどめることができるし、そうするつもりだよ、エマ。君が代替案に応じない限り」

「代替案？」

ヴィンチェンツォは彼女の青白い顔と美しい青い目を冷静に観察した。「僕らがここに残ることだ。一緒に。夫婦として、ジーノと、これから授かるかもしれない子供たちを育てることだ」

その言葉はまるで残酷なジョークのようにエマの耳に響いた。しかし彼は本気だと、その傲慢（ごうまん）な顔が告げている。なのに、彼の言葉はあまりにも冷たい。「なぜそんなことがしたいの？」エマは小さな声できいた。

「明白じゃないか？　僕はパートタイムの父親になどなりたくない。君にもわかっているだろうが、息子をどこかの男に育てさせたりはしない。息子にその男の影響を植えつけるなど絶対に許せない」エマの唇が震えるのがわかったが、ヴィンチェンツォは心を鬼にして彼女の無言の訴えを退けた。「君が言う前に言っておく。たとえ今はほかの男などいなくても、いつかそんな男が現れるだろう。夜が明けて朝が来るより自明のことだ。君みたいに美しい女性は、長くひとりきりでいるようにはできていないんだ、エマ」

奇妙なことに、この言葉はけなされたときと同じくらい心が傷つくものだった。彼に出会ってからは、ほかの男性を眺めたいとさえ思わないのに。そんなこともわからないほどあなたは鈍感な人なのね、と言ってやりたかった。けれど実際に言えば、彼はますます傲慢になるだろう。いずれにせよ、ヴィンチェンツォはエマの言葉を信じるような気分ではなさそうだ。

「野蛮な人ね」エマは椅子を引いて立ち上がった。

「そうかな?」ヴィンチェンツォも椅子を立ち、テーブルをまわって、エマに近づいた。

「だが、それこそ君をその気にさせるものだろう? もうそろそろ野蛮な行為を嫌うふりをやめて、受け入れたらどうだ?」

エマの息は浅く速くなっていた。彼が描いてみせた将来の展望に、呆然(ぼうぜん)としていた。

「私に近づかないで!」

「君が本気で言っているなら聞いてやってもいい。だが……」

エマはもがいた。が、それはほんの短い間だった。彼に触れられた瞬間に、体はまるで枯れ草に投げ入れられた火のように燃え上がった。彼の誘惑には、まったくなすすべがなかった。

ヴィンチェンツォの息がエマの唇に温かい。「僕の提案について考えてみたらどうだ？　こんなふうに暮らすのがそんなにいやなのか？」

こんなふうに？　でも、これはただ体の魅力に惹かれているだけでしょう？　エマは彼を求める気持ちの強さを悟られたくなくて目を閉じた。物のように扱われているのに、それでも彼を押しのけることができない。エマはかつてと同様、また彼の所有物になり果てていた。「ヴィンチェンツォ……」

「考えてみたまえ。僕らは惹かれ合っている。これほど惹かれ合う夫婦もあまりない」

「ほかの夫婦には相性のよさがあるわ！」

「相性とは、相手を蹴落とそうとしないときに存在するものだ」

そして、ほかの夫婦には愛情がある。けれど、エマはそこまで望むことはできなかった。

「私に選択肢があるというの？」エマはようやく目を開き、漆黒の瞳を見つめながら小声で問いかけた。「もちろん、そんなものはないわよね。あなたは人の気持ちなど無視するのだから、ヴィンチェンツォ。いつだってそうだったわ」

「いや、君には、君の人生を選ぶ権利がある」ヴィンチェンツォは指をエマのやわらかい顎に這わせた。「囚人を演じて被害者のふりを続けることもできるし、僕らが持っているものを最大限に活用して生きることもできる。ジーノ。健康。家族を。そして、苦労せずに暮らせる財産を」

彼の言葉は、莫大なカルディーニ家の財産と愛のない暮らしの展望を陰険に表現したものだった。結局、エマには選択の余地などないことを示している。まったくお金がなく仕事のあてもない彼女が、どうやってヴィンチェンツォ・カルディーニに立ち向かったらいいというのか？

ヴィンチェンツォはすべて見通していて、既成事実として選択肢を突きつけているように思われる。それに、もしここから去ることができたとしても、ジーノは私を許すだろうか？　将来大きくなったときに、息子のことより自分の望みを優先させたと軽蔑されるのでは？

エマはヴィンチェンツォから体を離した。望まないこともエマにさせてしまう彼の誘惑から逃れるために。「今夜は考えられないわ」エマは骨の髄までしみとおった疲労感をにじませて言った。「きょうは長い一日だったから」

「じゃあ、寝室へ行こう」

「あなたとはベッドをともにしたくないわ」

彼の唇があざけるような笑みを浮かべた。「いや、君はそれを望んでいるはずだ」

こんな状況で、エマは彼を欲しがるべきではなかった。こんな最後通牒を突きつけられて、彼の好きにさせてはいけなかった。でも、エマはそうしたのだ。彼女は自分の欲望にさからえなかった。

寝室のドアを閉めたとたん、ヴィンチェンツォはエマを床に押し倒して、ショーツをはぎ取った。恥ずかしいことに、そんな彼に応えて、エマも彼のズボンのベルトを夢中ではずした。そして彼を迎え入れたときには、喜びに声をつまらせたのだった。だが、エマは自分を裏切っていると感じていた。こんな原始的な営みで問題を解決しようとするのは、結婚生活をばかにしているとしか思えない。

のぼりつめたあと二人はベッドに横たわったが、エマは明け方まで眠りにつくことができなかった。

彼女はできるだけヴィンチェンツォから体を離そうとした。偽りの安堵感を避けるために。彼の温かさを感じると、安全であるような気がしてしまう。でも、そうではなかった。息子のために愛のない結婚生活に閉じこめられるほど悲惨な状況はない。

夜の静けさの中で、エマは閉じた目の裏に涙がしみるのを感じ、弱みを見せないために、ヴィンチェンツォが起きる前にベッドを抜け出した。彼は私をだましてここにつれてきたうえ、今、私が妻としてとどまるよう権力を行使している。それでも、私は抵抗しよう。私を愛していない男性に、二度と心を傷つけられないために。

ヴィンチェンツォがあくびをしながら現れた。彼は充分に餌を与えられた猫のようにのびをしている。エマはすでに大広間でジーノを遊ばせていた。長身のシチリア人はドアのところで立ち止まり、空のコーヒーカップが置かれたテーブルの前の椅子に座っているエマを見て、眉を寄せた。

「おはよう（ブォン・ジョルノ）、美しい人（ベッラ）」彼がつぶやく。

「おはよう」

ヴィンチェンツォの視線がエマの顔の上をさまよった。顔色は青白く、美しい目の下にはくまができている。彼女のもつれたシルクのような髪を見て、彼の下半身がこわばった。

「早く起きたんだね」

彼の粗削りな美しい顔を見たエマは心を固く閉ざそうと努めた。この地にとらわれの妻として残れという彼の厳しい最後通牒を思い出せば、難しいことではない。

「まず、あなたの了解を得てから起きるべきだったかもしれないわね」エマは冷たく言った。「こういったことを説明しておいてもらわなければならないわ。何が許されて、何が許されないのか。私にはあなたの家のルールがわからないから」

彼の唇が引き結ばれた。そうか、これが彼女の対抗策なのか。氷の乙女よろしく振る舞えば、僕の決意を変えられると思っているのか。それならすぐに、そんなことはありえないとわかるだろう。「君は刑務所にいるわけではない！」

「もちろん、違うわ」エマは静かなほほ笑みを彼に返した。「私は完全に自分の自由意志でここにいるのよ」

「君は、わざと僕の言葉をねじ曲げようとしている！」

エマはたしなめるように首を横に振って、唇に指を当てた。ジーノが黒い瞳で二人を見つめている。テニスの試合でも見ているみたいに、話すほうに交互に目を向けながら。

「その反対よ、ヴィンチェンツォ。私たちは二人とも、私がここにいる理由がよくわかっている。それは息子のため。だから、この子の前で言い争いをしたら、本末転倒だわ。ここをジーノの家にするつもりなら、できるだけいがみ合いのない場所にすることが必要よ」愛情のない夫婦生活なら、せめて平和な家庭を築くことを学ばなくては。エマは心の中でつぶやいた。

「エマ……」

「ほら、ジーノを抱いて」

エマはにっこり笑って立ち上がり、ジーノのふっくらした首にキスをして、ヴィンチェンツォに手渡した。

「シャワーを浴びて、着替えてくるわ。きょうあなたは何か予定がある？　ない？　ないなら、トラーパニに行ったらどうかしら」エマの言葉が、二人の間の沈黙を埋めようとするかのように、こぼれ出した。「ジーノをベビーカーに乗せて町に出て、海の見えるところでランチをとりましょう。そのあと、運転の練習について調べてみたいわ」

「運転の練習？」

エマは、いちばん頭のよい生徒が最も簡単な綴り（つづ）のテストで間違いを犯したのを発見した教師のような顔つきをしてみせた。

「そうよ、もちろん。私も運転が必要になるでしょう？　あなたがここにいないときでも移動できるように」

「だが、君には運転手をつける！　いつでも必要なときに車が出せるように。それはわかっているだろう？」

エマは首を横に振った。「でも、それでは不充分よ。私だって、少しは自分の好きに行動したいの、ヴィンチェンツォ」エマはじっと彼を見つめた。「最低限、その点だけは認めてちょうだい」

ヴィンチェンツォは顔をしかめた。エマの言うことには一理あるが、素直には受け入れられなかった。ゆうべベッドをともにしたとき、彼女は情熱的だった。それ以上だったと言ってもいい。なのに今朝はあまりにも違う。腕の中であんなに生き生きしていた生身の女性ではなく、マネキンと話しているような気がする。

どうやったら不快感を表せるというのだろう。目の前には、温かくておしゃべりな息子がいる。それにたった今、この子の前で言い争いをするべきではない、と諭されたばかりだ。エマが言ったことは正しい。ヴィンチェンツォは不意打ちを食らった気分だった。

いまいましい！

「わかった」彼は歯を食いしばった。「君に運転を教えるよう、誰か手配しよう」

エマは小首をかしげて服従の意を表しながら言った。「ありがとう(グラツィエ)」

ヴィンチェンツォの唇が不機嫌そうに引き結ばれる。「どういたしまして(プレーゴ)」

エマはひとつの発見をした。ふさわしい妻の役を演じるほうが自分自身でいるより楽だ、ということを。今でも彼を愛している気弱な女性でいるのはつらすぎる。

感情を表に出さなければ、彼への愛を隠すのは楽だった。そんな気持ちは心の底に押しこめてしまえば、これ以上思い悩まないですむ。

心のまわりに築いた壁がくずれるのは、ベッドの中だけだった。ベッドの中でだけ、エマは自分の気持ちに正直になって、思いのたけをぶつけることができた。彼女はヴィンチェンツォの輝くシルクのような褐色の肌を小さなキスで埋めつくし、夜ごと彼をうめかせた。

朝エマは、いつでもヴィンチェンツォより早く起きた。朝の明るい光の中で本当の気持ちを隠すのは難しいとわかっていたから。そして、急いでジーノの様子を見に行った。ときどきエマはジーノを固く抱きしめて黒いシルクのような巻き毛に顔をうずめ、こんな奇妙な夫婦関係が我が子の将来にどう影響するのかと考えることもあった。

こうしてまた新しい一日が始まり、偽りの夫婦関係が再開された。外側は完璧(かんぺき)だが、内側は困難に満ちた関係だ。

エマとヴィンチェンツォの本当の夫婦関係を知る者はいなかった。いたとしても、干渉する者など皆無だったろう。地元の若い女性たちは既婚男性を誘惑しようなどとは夢にも思わなかったし、カルディーニ家との関係は、二人の結婚生活を揺るがすことより、よほど重要だった。

誰もがヴィンチェンツォの妻に会いたがり、招待状が舞いこむようになった。この土地になじむためにはシチリア語を習得することが必要だとエマは感じた。

ある朝、エマはこのことをヴィンチェンツォに伝えた。ジーノが朝寝坊をしていたので、二人きりで朝食をとっているときだった。息子がいないと、二人の間の緊張が手に取るように感じられる。ジーノこそ、二人がいまだに結びついている理由なのだ。ジーノがいなければ、そこに残るのは、うつろなむなしさだけだった。

エマはヴィンチェンツォが梨を二つに切り、皮をむくのを見ていた。その同じ指が、ゆうべ彼女の肌の上を巧みにすべっていた。けれど朝の冷たい光の中では、そんな親密さはどこか別の世界で生じたことかと思える。

彼の顔は曇り、その誇らしげな口元は何かをあざけっているかのようだ。こんな夫婦関係を続けることに、ヴィンチェンツォはもう飽き飽きしたのかもしれない。愛のない妻をとどめておくことを考え直しているのかもしれない。エマはこんな状況を少しでも耐えられるものにしようと心を砕いていた。

「シチリア語を学ばなければならないと思っているの」梨の皮が皿の上に落ちるのを見な

がら、エマは口を開いた。

ヴィンチェンツォの顔がさっと上がる。「学ばなければならない、だって？」エマが彼の故郷の言葉を侮蔑したと言わんばかりに、言葉尻をとらえる。

エマは肩をすくめた。ときおり彼女は生活を機械的に送っているような気がしていたが、きょうもそんな日になる予感がした。「難しいかもしれないけれど。でも必要だし、きっとやるだけのことはあると思うわ」

エマの教科書的な言葉を開いて、ヴィンチェンツォは殴られたように感じた。彼は夢からゆっくり覚めていく気がした。ヴィンチェンツォはまばたきをして、目の前に座っている女性を見つめた。彼女の青く美しい瞳は曇り、唇にはまったく笑みが浮かんでいない。現実に目覚めた彼の肌を、無数の矢が突き刺した。こんな状況はもう耐えられない。僕がエマをこんなふうにしてしまったのだ。

銀のナイフが音をたてて落ち、ヴィンチェンツォはフルーツの皿を押しやった。「君は運転を学ばなくてもいい。シチリア語を学ぶ必要もない。もちろん、ジーノのためなら別だが。当然、僕は息子にシチリア語が堪能になってほしいと思っている」

エマはじっと彼を見つめた。「あなたの言っている意味がよくわからないわ」

「そうかな？」ヴィンチェンツォは陰気な笑みを浮かべた。「君はここから出ていってかまわないんだ、エマ。いつでも好きなときに。君は勝った。今すぐに出ていってもいい」

「出ていくって、つまり……」

「シチリアを離れるということだ」

エマの拳がさっと口元に上がった。「私はジーノを置いていったりはしないわよ！」

ヴィンチェンツォの顔つきが険しくなる。「そうしてくれとは言っていない」愛する息子に別れを告げなければならないと考えるだけで、心が引き裂かれそうだ。「ジーノを連れていっていい。僕の頼みは、できる限り頻繁に会わせてもらえることだけだ。そして、ジーノをここに来させてくれること。単に父親に会うためでなく、シチリアの暮らしを知ってもらうために」

エマは疑わしげに目を細めた。「あなたは私をだまそうとしているんでしょう？」

「だます？」

エマがうなずく。胸は不安で激しく打っている。「そんなことをしたらどうなるかは予想がつくわ。休暇で遊びに来させたときに、あなたはあの子を奪うつもりでしょう。ここに引きとめられたジーノを、私には取り戻すすべがない。カルディーニ一族と対等に闘うことなどできないもの。あなたは、そうたくらんでいるんでしょう」

ヴィンチェンツォはしばらく押し黙っていた。ふたたび口を開いたとき、彼はまるで石を吐き出しているような気がした。「僕が君をだます男だと、君は本気で信じているのか？」

エマは口を開いたが、なぜか言葉を発することができなかった。彼の問いは、思慮に欠けた感情的な答えを返すには重要すぎるものだと感じ取ったからだ。ヴィンチェンツォはシチリア人男性の心の底にひそむ激しくも優しい愛情で息子を愛している。ジーノがもし母親に会うことを禁じられたら、あの子は涙にくれ、混乱して傷つくだろう。ヴィンチェンツォにはそんなふうに自分の息子を傷つけることはできない、とエマにはわかっていた。

エマはかぶりを振った。「いいえ。思っていないわ。私は心にもない愚かなことを口から出まかせに言ってしまったわね。ごめんなさい」

今まで自分がひどい言葉をかけてきたにもかかわらず、エマが詫びる言葉を口にしたという事実は、ヴィンチェンツォにとってばつの悪いことだった。彼は心臓をえぐられた思いだった。

「頼むから、謝ったりしないでくれ、エマ」彼は苦々しく言った。「いつ君がここを出たいかだけ言ってくれればいい。そうしたら、すぐ手配しよう」

エマはヴィンチェンツォを穴があくほど見つめた。私はいつここを出たいの？　誇り高く彼のもとを去るために少なくとも弱みを見せないと誓ったことを思い出し、エマは椅子から立ち上がって窓辺に歩み寄った。

涙を見せまいとして、エマは外の美しい緑の風景を眺めつつ深呼吸した。「すぐに発ったほうがよさそうね」

それが、痛みを最小限に抑える方法でしょう？　さっさとここを去るほうが、長引く別れより、みんなにとって楽でしょう？

「もし、それがあなたの望みなら」彼女は感情をこめずに言い添えた。

一瞬ヴィンチェンツォは、暗く身もだえするような感情を、両親の死の痛みを隠すため身につけた方法で押し殺そうかと考えた。ほんの一瞬、楽な道を選んで、苦しさから逃れようかと思った。〝わかった。今、ここから立ち去ってくれ〟と言ってしまえば、苦しい思いから自由になれる。平静な心を保つことができる。

しかし、肩を落としたエマの姿の何かが、ヴィンチェンツォを押しとどめた。彼にはエマが震えを抑えようとしているのがわかり、その瞬間、苦しさから逃れたいという欲求よりずっと強い何かが心の中に押し寄せた。それはまるで、彼の中に長い間くすぶりつづけていたかがり火が、突然燃え上がったかのようだった。

「いや、違う。それは僕の望みなどではない！」ヴィンチェンツォは語気も鋭く熱心に言った。「僕が本当に君を出ていかせたがっていると思うのか、エマ？」

「ジーノを手放したくないのはわかるわ」エマは言葉を選んだ。

「君は……」ヴィンチェンツォは生まれて初めて声を震わせた。「ああ神よ、助けたまえ（ケ・ディーオ・ミ・アイウーティ）！　僕は君を手放したくないんだ！」

エマは振り返って、ヴィンチェンツォを見つめた。膝に力が入らない。彼女は窓枠をしっかり握った。彼の言葉を誤解したばかりに足元にくずおれるようなまねはしたくなかった。ヴィンチェンツォはジーノを手放したくないと言っているのよ。私たちの息子を。

「あの子があなたに会うのを妨げるつもりはないわ」

ヴィンチェンツォは今や熱い思いと差し迫った欲求に駆られていた。今まであまりにも長い間無視しつづけてきたことを彼女に伝えたい。自分の心をしっかり見つめなかったために無視しつづけてきたことを。彼は部屋を横切って、エマを腕に抱えた。けれど彼女は命のない操り人形のようだった。目からは生気が消えている。

「これはジーノとは関係ない！　君に、そして僕たち二人に関係あることなんだ。僕は君を愛しているから」

塩からい涙が目にこみあげてきて、エマは首を横に振った。この人は私をあざけっているだけなんだわ。「違うわ」

「違わない！　長い間気づかなかったけれど、僕は君を愛している。僕が結婚した女性を愛しているんだ。僕の心をとりこにし、僕の子供を産み、世界でいちばんすばらしい母親だと証明した女性を。絶対に手放すことなどできない女性を！」ヴィンチェンツォは激しい情熱をこめて付け加えた。「僕が呼吸をする限り、そして心臓が鼓動を続ける限り、君を愛しつづける！　君も僕を愛せるかい？　それとも、もう手遅れかい、エマ？」

そのあとのエマの沈黙は、彼には百万年続いたかとも思えたが、実際には心臓の鼓動一回分にも満たなかった。

エマは首を横に振った。「いいえ。もちろん遅くなんてないわ。私は一度もあなたを愛すのをやめたことはなかったのだもの、ヴィンチェンツォ。ああ、何度やめようとしたことか」

エマの頰を涙がつたう。今にも喉がつまりそうだった。エマは手をのばして、彼の顔に触れた。まるで、ヴィンチェンツォが本物であることを確かめるかのように。

彼は本物だった。今まで心から望んでいたことが、ずっと愛してきた男性の顔に表れている。とはいえ、本当に信じてもいいと確信できたのは、さらに数秒たってからだった。

「ヴィンチェンツォ！」エマは泣き出した。

「しいっ」彼はエマを腕にかきいだき、震えとむせび泣きがおさまるまで、ずっと抱きしめていた。それはおそらく、ヴィンチェンツォ・カルディーニが女性にした、最も無邪気な抱擁だったろう。けれど疑いなく、最も心のこもった抱擁だった。

二人は今までのいがみ合いが消えてなくなるまで、長いことそこに立っていた。エマは小さく震えるため息をついた。彼はエマの顔を仰向けさせて、そのやわらかなばら色の頰に残っていた最後の涙をぬぐい、心の中で、もう二度と泣かせるようなことはするまいと誓った。

エマは下唇を噛んだ。過去のしこりを溶かし去るには、まだ話さなければならないことがある。「私はローマから逃げ去るべきではなかったわ。私たちの結婚生活がうまくいかなくなったとき、とどまって解決するべきだった。あなたと話すべきだった。私はひどい妻だったわね」

　ヴィンチェンツォはエマの鼻にとびきり優しいキスをした。「でも、もし僕が君と結婚したときに時代を二世紀もあと戻りしなければ、君はそんなことをしなかったかもしれない。僕はひどい夫だったね、エマ。だから僕らは対等さ、僕のいとしい人（カーラ・ミーア）」

　見事に男性的なシチリア人の夫の口からは絶対に聞けないと思っていた言葉だった。彼が自分の非を認めたことに胸が躍ったとはいえ、簡単には信じられない。

「それは、私があなたに服従することを今後は期待しない、という意味かしら？」エマは無邪気に尋ねた。

　ヴィンチェンツォはエマの指に指をからませて寝室にいざないながら、彼女の瞳に浮かんだ表情を正確に読み取って笑みを浮かべた。「おもしろい質問だね」彼は穏やかに言った。その親指はそそるようにエマのてのひらに円を描いている。「それは、僕らの息子が目を覚ます前に寝室で検討することにしよう、美しい人（ベッラ）」

エピローグ

そのパーティはサルヴァトーレに別れを告げるための一族の気軽な昼食会だった。けれどエマにとっては、重要で特別な意味を持っていた。それは、彼女とヴィンチェンツォが夫婦として初めて開くパーティだったからだ。

エマは一週間前から、こまごまと手はずを整えていた。誰の口にも合うようなメニューを考え、木の下に用意された長い架台式テーブルが花で飾られるよう心を配った。

サルヴァトーレはぶどう園を去り、ヴィンチェンツォが経営を引き継ぐことになっていた。これからは、シチリアが家族の居場所になる。ジーノはここで育ち、神の恩寵に恵まれれば、城はジーノの弟や妹で埋めつくされるだろう。

「サルヴァトーレはどこに行くの?」鏡の前で一回転して、緑色のシルクのドレスが昼食会には改まった感じが強すぎないかどうか確かめながら、エマが尋ねた。

ヴィンチェンツォは肩をすくめ、エマがやわらかいスエードの靴に足を入れる様子を眺めた。「彼はあせっているんだ、いとしい人（カーラ）。僕たちを見て結婚生活も悪くないと気づき、シチリア人の花嫁をめとる前に、放蕩三昧をするつもりらしい」

　親類の女性たちのおしゃべりによると、サルヴァトーレはすでにかなりの放蕩を尽くしているらしいのに！　エマは驚いたように眉を上げてみせてから、手をヴィンチェンツォの肩に上げて、彼のジャケットを直そうとした。そんな必要はなかったのだが、エマはヴィンチェンツォにさわりたくてしかたなかった。彼と話すのもうれしかったし、一緒にいるのも楽しかった。それは彼も同じだった。愛情が二人の心を解き放ち、遠慮なく思いのたけを示せるようになっていた。

「もう階下に行かなくちゃ」エマはしぶしぶ言った。「お客さまはあと一時間もしないうちに到着するのに、まだすることがたくさんあるわ。それに、カルメラをジーノから解放してあげなくては」

「もう準備万端整っているだろう？　カルメラだって、機会がありさえすれば、喜んでジーノを家に連れていきたいと思っているさ」ヴィンチェンツォは穏やかに反論した。「実は、君に見せたいものがあるんだ」

「まあ？」腕に抱き寄せられたエマは、わざとけげんな顔つきをした。「いったい何かしら？」

「まず、僕の妻がどれだけ美しいか、どれだけ僕が愛しているかを伝えたい。そして……」

「そして、何？」

ヴィンチェンツォが笑みを浮かべる。今ではエマがよく知ることになった、愛と官能のこもった笑みだ。

「君にこれを渡したい」

ヴィンチェンツォはポケットから小さな革製の箱を取り出し、中に入っていた指輪を彼女の指にはめた。エマはまばたきした。そのダイヤモンドの指輪がティレニア海に差す日の光のように美しかったからというだけではない。目にこみあげた涙が今にもあふれそうになったからだ。

「ああ、ヴィンチェンツォ」

「気に入ったかい？」

「すばらしいわ。でも、どうして今なの？」

ヴィンチェンツォはにっこりした。彼の瞳は優しく温かい。「君を愛しているから。そして、君は僕の妻で、魂の伴侶（はんりょ）で、僕の子供の母親だから。これで充分かな、僕のいとしい人（カーラ・ミーア）？　もっと挙げようか？　理由なら、いくらでも挙げられる」

しばらくの間、エマは胸がつまって何も言うことができなかった。両腕をヴィンチェンツォの首にまわして、彼をきつく抱きしめる。彼から離れるのが耐えられないとでもいうように。でも、彼のもとを去ることはもう二度とないだろう。ヴィンチェンツォ・カルデイーニとの間にある愛情は、澄んだシチリアの夜空にまたたく星より明るく輝いているとわかっていたから。

●本書は2009年8月に小社より刊行された作品を文庫化したものです。

恋に落ちたシチリア
2024年5月1日発行　第1刷

著　者　シャロン・ケンドリック

訳　者　中野かれん（なかの　かれん）

発行人　鈴木幸辰

発行所　株式会社ハーパーコリンズ・ジャパン
東京都千代田区大手町1-5-1
04-2951-2000（注文）
0570-008091（読者サービス係）

印刷・製本　中央精版印刷株式会社

定価はカバーに表示してあります。

Printed in Japan © K.K. HarperCollins Japan 2024 ISBN978-4-596-77582-5

5月15日発売　ハーレクイン・シリーズ 5月20日刊

ハーレクイン・ロマンス
愛の激しさを知る

幼子は秘密の世継ぎ　シャロン・ケンドリック／飯塚あい 訳

王子が選んだ十年後の花嫁　ジャッキー・アシェンデン／柚野木　菫 訳
《純潔のシンデレラ》

十万ドルの純潔　ジェニー・ルーカス／中野　恵 訳
《伝説の名作選》

スペインから来た悪魔　シャンテル・ショー／山本翔子 訳
《伝説の名作選》

ハーレクイン・イマージュ
ピュアな思いに満たされる

忘れ形見の名に愛をこめて　ブレンダ・ジャクソン／清水由貴子 訳

神様からの処方箋　キャロル・マリネッリ／大田朋子 訳
《至福の名作選》

ハーレクイン・マスターピース
世界に愛された作家たち
～永久不滅の銘作コレクション～

ひそやかな賭　ベティ・ニールズ／桃里留加 訳
《ベティ・ニールズ・コレクション》

ハーレクイン・プレゼンツ作家シリーズ別冊
魅惑のテーマが光る極上セレクション

大富豪と淑女　ダイアナ・パーマー／松村和紀子 訳

ハーレクイン・スペシャル・アンソロジー
小さな愛のドラマを花束にして…

シンデレラの小さな恋　ベティ・ニールズ他／大島ともこ他 訳
《スター作家傑作選》